TREIZE

A Florence
Bonne lecture mystérieuse

Catalogage avant publication de Bibliothèque et Archives nationales du Québec et Bibliothèque et Archives Canada

Dion, Johanne, 1965-

Treize

Sommaire: t. 1. L'étrange monsieur Lombardi – t. 2. Terreur à la polyvalente. Pour les jeunes de 12 ans et plus.

ISBN 978-2-89647-570-4 (v. 1)
ISBN 978-2-89647-571-1 (v. 2)

I. Titre. II. Titre: L'étrange monsieur Lombardi. III. Titre: Terreur à la polyvalente.

PS8607.I643T73 2011   jC843'.6   C2011-941376-0
PS9607.I643T73 2011

Les Éditions Hurtubise bénéficient du soutien financier des institutions suivantes pour leurs activités d'édition:

- Conseil des Arts du Canada;
- Gouvernement du Canada par l'entremise du Fonds du livre du Canada (FLC);
- Société de développement des entreprises culturelles du Québec (SODEC);
- Gouvernement du Québec par l'entremise du programme de crédit d'impôt pour l'édition de livres.

Conception graphique: René St-Amand
Illustration de la couverture: Jean-Paul Eid
Maquette intérieure et mise en pages: Martel en-tête

Copyright © 2011 Éditions Hurtubise inc.

ISBN: 978-2-89647-570-4 (version imprimée)
ISBN: 978-2-89647-572-8 (version numérique pdf)

Dépôt légal: 4ᵉ trimestre 2011
Bibliothèque et Archives nationales du Québec
Bibliothèque et Archives Canada

Diffusion-distribution au Canada:
Distribution HMH
1815, avenue De Lorimier
Montréal (Québec) H2K 3W6
www.distributionhmh.com

Diffusion-distribution en Europe:
Librairie du Québec/DNM
30, rue Gay-Lussac
75005 Paris FRANCE
www.librairieduquebec.fr

Imprimé au Canada
www.editionshurtubise.com

Johanne Dion

TREIZE

1. L'étrange monsieur Lombardi

Hurtubise

Du même auteur

Série *TREIZE*

Tome 1, *L'étrange monsieur Lombardi*, Montréal, Hurtubise, 2011.

Tome 2, *Terreur à la polyvalente*, Montréal, Hurtubise, 2011.

Chez d'autres éditeurs

24 heures d'angoisse, Montréal, Pierre Tisseyre, 2010.

William à l'écoute!, Ottawa, Éditions L'Interligne, 2008.

Un voyage mémorable, Montréal, Humanitas, 2008.

Johanne Dion

Née à Montréal, Johanne Dion détient une maîtrise en informatique de l'Université de Montréal et a œuvré dans ce domaine pendant quinze ans. Passionnée depuis toujours par les histoires, elle a déjà écrit trois romans. TREIZE est sa première série pour les adolescents.

À Jay

1

Au poste de police

Quelques gros cumulus blanc neige dérivent paresseusement au-dessus de Sainte-Dominique par ce bel après-midi de juillet. Glissant devant l'astre brûlant à tour de rôle, ils offrent un doux répit aux citoyens s'affairant à leurs activités sous les trente-deux degrés Celsius.

Vu d'en haut, tout le quartier semble prisonnier d'une légère torpeur estivale. La végétation touffue du sud-ouest de la banlieue ne laisse paraître que des bouts de jardins monopolisés par les piscines et des centres de rues à l'asphalte miroitant. Lorsqu'on descend, à la cime des arbres, on perçoit les bruits d'éclaboussement en provenance des points d'eau, le vrombissement des climatiseurs, les miaulements mécontents d'un chaton piégé sur un balcon d'étage qui observe trois merles piochant désespérément dans le gazon à la recherche de gros vers dodus.

Un vent chaud remonte tout au nord de Sainte-Dominique vers une artère plus aérée. La circulation y est plus dense et de nombreux cyclistes et piétons transitent entre les édifices bas, mais larges et profonds, abritant les divers services communautaires.

Entre l'aréna et la bibliothèque municipale, le courant d'air s'agite au milieu d'équipement laissé sur un toit en réparation. Un tourbillon de vent s'élève un bref instant avant de plonger le long de la façade du bâtiment de pierres grises hébergeant le poste de police. La brise s'évanouit dans l'air conditionné s'échappant par la porte d'entrée qui se referme sur un citoyen.

Nerveux sur sa chaise de plastique moulé, l'ouïe agacée, Alexandre parcourt la pièce d'un regard inquiet.

— Clic-clic! Clic-clic! Clic-clic!

Des bureaux déserts séparés par des étagères basses modernes. Un plancher de chêne verni. Des plafonniers en verre dépoli. Deux policières conversant bruyamment appuyées au mur lambrissé de bois – leurs rires détonnant étrangement aux oreilles du garçon.

— Clic-clic! Clic-clic!

Plus près, Nathanaël, son meilleur ami affichant un calme étonnant, quasi angoissant, étant donné les circonstances.

— Clic-clic! Clic-clic!

Et enfin, droit devant, de l'autre côté de la table où il est installé, deux agents de police à la mine sérieuse… presque menaçante.

Pendant qu'un des hommes s'occupe de l'interrogatoire, l'autre, un mastodonte au regard inquisiteur, le fixe comme s'il était un vulgaire voyou. Et puis, s'il pouvait cesser d'enfoncer le bouton-poussoir de son stylo à répétition !

— Clic-clic ! Clic-clic !

Le garçon grince des dents nerveusement en songeant qu'il n'a rien d'un vaurien. Il est sportif, intelligent, responsable même, pas du tout délinquant. Il ne mérite pas ce traitement.

Alex préférerait se trouver dans l'édifice voisin, l'aréna où il vient régulièrement jouer au badminton avec son père les vendredis d'été. On est justement vendredi, mais son père se trouve à des centaines de kilomètres de là... pendant que lui, Alexandre Dupays, douze ans seulement, fils d'universitaires, se retrouve consigné au poste de police. Le suspect serre ses mains l'une contre l'autre en se demandant s'ils prendront ses empreintes digitales.

— Alors, vous êtes entrés par effraction au 13, terrasse des Bouleaux, affirme l'agent d'une voix puissante et dure qui, au moins, couvre l'irritant cliquetis.

— Euh, ça dépend de ce que veut dire « effraction », réplique aussitôt Nathanaël avant qu'Alexandre n'ait pu l'en empêcher.

« Dans quel pétrin s'est-on foutus ? » pense le jeune contrevenant avec désespoir. Ses épaules de nageur arrondies par le poids des derniers événements, le garçon se laisse imperceptiblement glisser sur son inconfortable chaise.

Toute cette histoire avait commencé le dimanche précédent, le jour du départ pour les vacances estivales. Contre toute attente, ses parents s'étaient laissé convaincre de partir seuls, en amoureux, tout en confiant leur fils à tante Tati… Mais non, en réalité, l'étrange affaire avait même débuté deux jours plus tôt, le vendredi, lorsque Nathanaël et lui s'étaient rendus au dépanneur du quartier, comme ils le faisaient toujours en fin d'après-midi. Oui, tout avait commencé par cette curieuse annonce… Était-elle réellement si bizarre ou était-ce son imagination qui s'était enflammée en cette chaude journée d'été ?

2

Une annonce au dépanneur

— Tu me paies un Mister Freeze? demande Nathanaël à Alexandre dont la tête rousse est profondément enfoncée dans le congélateur du dépanneur depuis au moins deux minutes.

Alex inspecte frénétiquement la boîte de gâteries glacées géantes à la recherche d'une blanche, à essence de 7 Up.

— Allez! J'ai plus un sou, insiste le plus grand des deux. Et puis, je t'en ai payé un la semaine passée.

De l'entrée du commerce, la caissière impatientée répète aux garçons de refermer le congélateur.

— OK! OK! lance Alex à l'adolescente aux allures punk qui tient la caisse tout en se retournant vers son ami. Ouais, prends-en un, mais je garde le blanc.

Nathanaël ouvre à nouveau le congélateur malgré l'expression menaçante de la jeune fille, puis retire le premier Mister Freeze qui lui tombe sous la main.

Pendant qu'Alexandre paie, Nathanaël se dirige vers la sortie pour y attendre son copain.

Alors que le garçon patiente, adossé à la porte du magasin, son regard est attiré par un bout de papier : une annonce, solidement collée au côté de l'étagère de bière par quelques couches de ruban adhésif.

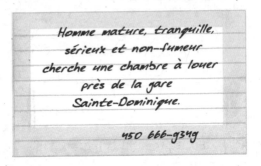

Homme mature, tranquille, sérieux et non-fumeur cherche une chambre à louer près de la gare Sainte-Dominique.

450 666-9349

Un air espiègle se dessine sur son visage alors qu'il enfonce sa main droite dans la poche de son pantalon pour en ressortir un bout de crayon. Tout en prenant soin de ne pas être vu, il noircit en quelques rapides coups de crayon tout un coin de l'annonce d'un inquiétant portrait pouvant aisément rivaliser avec les avis de recherche de l'époque du Far West. Lorsque son ami le rejoint, il ajoute une cigarette fumante à la bouche de l'horripilant personnage. Habitué aux griffonnages artistiques de son copain, Alexandre siffle son admiration à la vue de la mordante caricature. Après avoir lu l'annonce, il s'esclaffe bruyamment pendant qu'un large sourire satisfait éclaire les traits basanés du dessinateur.

— Je te parie qu'il ressemble au gars! Même, je dirais que je l'ai avantagé un peu...

— Pouvez-vous libérer l'entrée?! Mais qu'est-ce que vous faites? s'impatiente la caissière au sourcil droit percé de multiples anneaux.

D'un même élan, les jeunes résidants de Sainte-Dominique poussent la porte et s'élancent au pas de course sur un trottoir couvert menant aux autres magasins du minicentre commercial. Quelques dizaines de mètres plus loin, ils ralentissent l'allure en rigolant et s'affairent à déchirer l'emballage de leurs gâteries glacées.

En passant devant le club vidéo, Nathanaël propose de louer un jeu, mais l'idée est vite délaissée lorsqu'ils se rappellent que leurs fonds de poche ne leur permettent pas ce luxe.

— On peut aller chez moi et refaire *La Mission de Bourne*, offre Nathanaël d'un ton enjoué.

— On l'a déjà faite hier..., proteste son copain.

— Ouais, mais là on augmenterait le niveau à «difficile».

Alex accepte avec un haussement d'épaules. Son ami adore les jeux vidéo tandis que lui préfère de loin faire du vélo, de la natation ou jouer au football. Les jeux vidéo, c'est bon lorsqu'on est seul à la maison... Mais puisque Nathanaël a passé la journée dehors, il se dit qu'il lui doit bien une heure ou deux de son amusement favori.

— J'ai drôlement hâte à l'anniversaire de Laurianne, s'exclame Nathanaël. Ça va être tout un party! Sa nouvelle piscine est fantastique! Et il paraît qu'elle a invité vingt personnes…

— Tu es soit terriblement baveux, soit complètement lobotomisé!

— Aïe! grimace Nathanaël, l'air sincèrement désolé. J'ai oublié, je te le jure. C'est vraiment poche que tu ne puisses pas venir…

Pour toute réponse, Alex lâche un soupir résigné. Rien ne sert d'engager une autre discussion sur ce sujet. Ils en ont assez parlé, et puis ils n'y peuvent rien de rien. Les vacances d'Alexandre et de ses parents débutent le lendemain. Déjà, dimanche matin, il sera en route vers Washington pour un superbe voyage culturel. Cette perspective est loin de l'enchanter.

3

Un départ chamboulé

Le grand départ pour Washington est prévu le lendemain à sept heures.

Louise, la mère d'Alexandre, déteste partir à la hâte. Aussi profite-t-elle de ce beau samedi ensoleillé pour préparer tranquillement les bagages et charger l'automobile. Étendu sur son lit, le garçon l'entend chantonner dans la cuisine. En s'étirant le cou, il l'aperçoit. Elle apprête des collations santé pour le long trajet.

Sa mère adore les voyages culturels. Chaque année amène une nouvelle destination recelant de merveilleux paysages à admirer, d'immenses musées à visiter, des parcs nationaux à traverser et des centaines de photographies à prendre. Louise Boisvert était certaine de concocter les meilleures vacances possible. Mais pour Alexandre Dupays, son fils unique, ces excursions lointaines prenaient de plus en plus des allures de cours d'été. Il enviait secrètement ses amis qui partaient en hiver — pendant l'école, youpi! — vers des destinations soleil telles que Cuba ou le Mexique, avec pour seul objectif de se reposer, de sauter dans les vagues, de se faire dorer sur la plage ou de se gaver à des buffets à volonté. Le paradis, quoi!

«Pourquoi partir l'été alors qu'à Sainte-Do, il fait chaud? Qu'il n'y a pas de devoirs et qu'on peut s'amuser toute la journée? Amis, sports, ordi, coupes glacées et natation… C'est ça, les vacances d'été!» se dit Alex en contemplant le ciel bleu par la fenêtre de sa chambre. Malheureusement pour lui, ses parents sont des intellos de la pire espèce: des vrais. Tous les deux professeurs d'université, ils sont vieux et déconnectés du monde moderne, du moins en comparaison avec les parents de ses amis. Début cinquantaine, cheveux gris, lunettes sur le bout du nez, la tête trop souvent enfouie dans des bouquins, ils n'ont vraiment rien de cool.

— Alexandre! Tu n'as pas commencé ta valise? s'exclame sa mère depuis le seuil de sa chambre. N'attends pas trop tard. Tante Nathalie vient souper à la maison. Et demain, on part très tôt, alors tu dois régler ça aujourd'hui.

Les bras chargés, sa mère poursuit son chemin en sifflotant un air enjoué sans même attendre la réponse de son fils. Déprimé, le jeune délaisse son lit pour se glisser sur la chaise devant son ordinateur. Il a bien besoin d'un petit remontant…

Le garçon se lance dans une bagarre médiévale où la plupart des autres joueurs en ligne conversent en espagnol. «Éducatif! Ma mère serait fière», songe-t-il en grimaçant un sourire ironique.

Alexandre a toujours trouvé ridicule de recevoir sa tante Nathalie à souper. Non pas qu'il veuille éviter sa compagnie. Bien au contraire. Il éprouve une profonde affection pour la sœur de son père, qui en l'occurrence est sa marraine, et que tous surnomment Tati. Seulement, Tati est la meilleure cuisinière qu'il connaisse. Manger chez elle, c'est dix fois plus intéressant que d'aller au restaurant. Ses portions sont si généreuses, et puis ses desserts… Aaahh! Tati a tout pour être une pâtissière de renommée mondiale. Selon son filleul, en tout cas… Alors, pour la remercier de les inviter si souvent à ses délicieux repas, la mère d'Alexandre insiste pour la recevoir tout aussi régulièrement. Sauf que Louise n'a pas le talent de sa belle-sœur. Et ses repas, toujours très santé et biologiquement responsables, sont très fades. Ne pourrait-on pas rendre la politesse autrement? «Avec un bouquet de fleurs ou des chocolats», a déjà proposé le garçon. Pierre, le père d'Alex, a également cherché à convaincre son épouse que sa sœur aînée et retraitée adore cuisiner et recevoir, qu'en réalité c'est lui faire plaisir que d'accepter si souvent ses invitations. Mais Louise Boisvert trouve effronté de la part de son mari de vouloir se comporter ainsi.

— Tu en fais, une mine de condamné, jeune homme, s'exclame Tati à l'adresse de son neveu qui picore les légumes de son assiette sans grand appétit.

Le neveu s'efforce de sourire à sa tante qui ne semble pas dupe. Ses yeux verts identiques à ceux d'Alex l'observent avec leur habituelle sagacité.

— Pourquoi es-tu si abattu ? insiste-t-elle sur un ton de connivence pendant que les parents du garçon sont occupés à la cuisine avec la préparation du dessert.

— Bof! Les vacances, finit-il par admettre à sa tante visiblement étonnée. Parcourir des centaines de kilomètres pour aller passer ses journées dans les musées n'est vraiment pas mon genre. Je préfère être avec mes amis, aller à la piscine, faire du vélo…

Tati demeure un instant silencieuse. Alex se dit qu'elle va lui faire la morale sur l'importance de la famille et le devoir de ne pas songer qu'à soi.

— En as-tu parlé à tes parents ?

— Non. Ils ne comprendraient pas, et puis il est trop tard. Tout est décidé. Washington, *here we come*! lance-t-il en levant un bras triomphant vers le plafond même si ses traits affichent un tout autre sentiment.

Lorsque l'hôtesse dépose le gâteau aux carottes sans glaçage sur la table, Tati glisse un clin d'œil complice à son neveu intrigué.

— Dis, Louise! C'est bientôt votre anniversaire de mariage. Est-ce que cela ne vous fait pas quinze ans cette année?

La mine déjà radieuse de Louise s'égaie encore davantage.

— Oui! Oui! Nous fêtons nos quinze ans ce mercredi. Tu as toute une mémoire.

— Ça ne vous aurait pas tenté de faire le voyage en amoureux, Pierre et toi? Tous les deux, seul à seul. Qu'est-ce que tu en dis, petit frère? ajoute Tati en s'adressant à ce dernier qui vient tout juste de se rasseoir à la table.

Pendant que sa mère, les joues empourprées, bafouille une réponse évasive, son père reste muet et l'air songeur. Le garçon, pour sa part, se rend progressivement compte de la merveilleuse occasion que sa tante lui offre.

— Ce n'est qu'une suggestion, vous savez, conclut distraitement Tati en acceptant la portion de gâteau. Elle appuie alors vivement le bout de son pied sur les orteils de son neveu.

Retenant de justesse un cri de surprise, le jeune plein d'espoir s'empresse de défendre allégrement la proposition.

— Moi, je trouve que Tati a raison. Vous n'êtes jamais partis tous les deux en amoureux. Soupers en tête à tête, longues marches main dans la main…

— Mais voyons, Alex, l'interrompt sa mère. Ce sont nos vacances familiales, on ne t'abandonnera pas seul ici.

— Je ne serais pas seul, j'ai mes amis. Et ainsi, je ne perdrais pas une pleine semaine d'entraînement. Ma compétition approche et je veux absolument remporter l'or.

— Et il viendrait demeurer chez moi, complète aussitôt Tati.

L'hôtesse se retourne alors vers son mari qui n'a toujours pas dit un mot.

— Cette idée est folle ! N'est-ce pas, Pierre ? Et puis, tout est déjà prévu…

Le père, très posé, hausse les épaules.

— L'idée n'est pas folle du tout, Louise. Ce serait une jolie manière de souligner nos quinze ans. Et franchement, je ne pense pas que nos voyages soient des plus emballants pour Alex.

Surprise par la réponse, la mère d'Alexandre semble totalement désemparée. Son regard passe de son mari, qui se verse un verre de lait, à son fils, l'air totalement réjoui.

— Alors, c'est réglé ! lance Tati avec dynamisme. Il passera la semaine chez moi et pourra continuer ses activités habituelles dans le quartier. Soyez sans crainte, je veillerai de près sur lui !

Un air romantique et rêveur glisse doucement sur les traits de Louise Boisvert qui semble à présent flirter avec cette «folle idée». Après avoir vérifié auprès de son fils que cela lui plairait réellement, elle se laisse complètement emballer par le projet. La conversation tourne aussitôt vers quelques légers changements de plans pour leurs vacances réinventées. Soirées spectacles ou peut-être même dansantes… Louise se propose d'aller ajouter quelques robes à ses bagages.

Impatient d'annoncer l'excellente nouvelle à Nathanaël, Alexandre demande à sortir de table.

— Mais tu n'as pas pris de mon gâteau, soupire celle qui semble déjà rongée par la culpabilité d'une mère égoïste ne songeant qu'à elle.

Malgré sa gourmandise, se priver de la cuisine de sa mère n'est jamais réellement difficile pour le garçon.

— Je n'ai plus faim. Je dois aller ajuster mes valises, ment celui qui n'a toujours pas mis un seul vêtement dans la mallette de toile noire au pied de son lit. L'enthousiasme pour cette tâche vient subitement de naître.

Il quitte la salle à manger en se retenant de sauter au cou de sa tante. Ça aurait trop l'air d'un coup monté… Il pourra la remercier en arrivant chez elle. Pour l'instant, il court simplement à sa chambre, attrape le combiné du téléphone et compose frénétiquement le numéro de Nathanaël.

— Devine quoi ? lance-t-il aussitôt à son meilleur ami.

— Hum… Tu acceptes de me prêter ton nouveau vélo pendant ton voyage à Washington.

— T'es drôle ! Ben non, mieux que ça ! Je ne pars plus !

— Quoi?

— Mes parents font le voyage en amoureux. Moi, je vais chez Tati, tu sais, ma tante qui demeure à Sainte-Do.

— Ça, c'est une vraie bonne nouvelle.

4

Une arrivée inattendue

Le lendemain, dès l'aube, le jeune garçon débarque avec ses bagages chez Tati. Sa tante habite le même quartier que lui, mais plus à l'ouest, près de la gare Sainte-Dominique.

Les yeux bouffis d'un sommeil interrompu, il accepte l'accolade maternelle prolongée, puis retourne le bref, mais cordial salut de son père.

En traînant sa lourde valise, Alex franchit le seuil de la demeure de sa tante. Malgré sa torpeur matinale, il ne peut s'empêcher de sourire à la pensée qu'il habitera chez la meilleure cuisinière du monde pour une pleine semaine! Quel délice! Il en salive presque. Cette jolie pensée est tout de même assombrie par le mauvais présage d'un surplus de poids à l'horizon.

Laurianne, la très belle Laurianne, célèbre son anniversaire vendredi et il ne veut surtout pas avoir l'air d'un petit bedonnant. Le garçon qui tarde un peu à perdre sa graisse de bébé (c'est ainsi que sa mère désigne les quelques rondeurs qu'il porte toujours à la taille) aurait tant aimé posséder le corps svelte de son ami Nathanaël. Il est tout de même fier de ses épaules musclées qu'il a façonnées grâce à son entraînement de natation.

— Je t'ai préparé un bon déjeuner, annonce Tati comme si elle lisait dans ses pensées. J'espère que tu as faim.

— Je suis affamé, avoue son neveu en déposant sa valise au pied de l'escalier.

— Oh non, jeune homme! Pas de traîneries dans ma maison. Monte d'abord tes choses à l'étage. Tu dormiras dans la petite chambre à l'avant, ordonne sa marraine d'un ton strict.

— La jaune? Je préfère la bleue à l'arrière, commente le garçon en gravissant péniblement l'escalier.

— Non, tu ne peux pas avoir celle-là. J'ai pris un locataire.

La dernière phrase n'atteint pas les oreilles du garçon encore engourdi par un réveil prématuré. Parvenu au palier de l'étage, il glisse sa valise de toile jusqu'à l'entrée de la chambre jaune, puis, s'agrippant à deux mains à la poignée et déployant un effort musculaire presque cruel, il propulse le lourd bagage sur le lit moelleux couvert d'un édredon de velours côtelé vert.

De retour au rez-de-chaussée, le garçon s'installe confortablement à la petite table ronde de la cuisine pour s'enfiler trois larges crêpes au sirop d'érable, deux pains au chocolat ainsi qu'un bol de café au lait. « Très léger », souligne Tati d'un air sévère pour justifier cette boisson d'adulte qu'elle sert souvent à son neveu en l'absence de ses parents.

— Ta mère m'a laissé l'horaire de tes cours de natation. Je ne savais pas que tu en suivais six matins par semaine. As-tu comme projet de traverser la Manche ?

La bouche pleine, Alex hausse les épaules en signe d'ignorance.

— C'est où, la Manche ?

— C'est loin, répond-elle simplement à son neveu qui en sursaute presque de surprise.

Avec ses parents, il aurait reçu un cours de géographie pour cette banale petite question.

— Bon, la piscine, elle, n'est pas très loin, reprend Tati. Tu t'y rendras à pied.

— Je préfère à vélo. J'irai le chercher cet après-midi. Mon père m'a laissé une clef du cabanon.

Sa tante ne répond rien, c'est donc qu'elle est d'accord. Alex sait comment discuter avec Tati… ou plutôt comment ne pas discuter. Sa tante aime les phrases courtes qui montrent du caractère. Son temps de verbe préféré est certainement l'impératif. « Au fond, elle est un peu comme un bonbon dur avec un centre mou », réfléchit le garçon. Elle est autoritaire et exige un comportement impeccable, mais elle a bon cœur et adore faire plaisir aux gens. S'il ne fait pas de bêtises, il est persuadé que sa tante le laissera totalement libre cette semaine.

Le carillon de l'entrée retentit au même instant que la sonnerie du four. Les splendides muffins aux pommes de Tati sont prêts. Leur garniture streusel est parfaitement dorée.

— Va répondre ! lance Tati en agrippant la poignée du four.

Alex repose son bol de café et s'empresse d'aller ouvrir la porte. Au même moment, un doigt impatient appuie à nouveau sur la sonnette.

À la vue de l'individu hirsute, le garçon se tend légèrement. Il ramène la porte contre son corps comme un bouclier au moment où sa tante surgit derrière lui.

— Bonjour, lance Tati d'un ton accueillant pendant qu'Alex, méfiant, demeure aussi silencieux que l'étranger. Vous devez être monsieur Lombardi ?

Avec pour toute réponse un hochement de tête affirmatif, l'inconnu insère un pied dans l'étroite ouverture. Tati écarte son neveu de l'épaule pour laisser entrer le visiteur.

Une fois à l'intérieur, l'individu tend une liasse de billets à Tati qui s'essuie les mains sur son tablier farineux avant de les accepter et de les compter rapidement.

— Le mois de juillet, spécifie l'inconnu d'une voix rauque, désagréable.

— Le compte est bon, répond Tati avec un sourire un peu forcé. Alexandre, accompagne-le jusqu'à la chambre.

Comme son neveu la regarde avec des sourcils en accents circonflexes, elle ajoute :

— C'est le locataire de la chambre bleue. Allez, dépêche !

Un locataire ! Tati a pris un locataire ! Pourquoi ? En grimpant l'escalier quatre à quatre, le garçon s'interroge sur les motivations de sa tante. Arrivé au palier, il s'éclipse de côté près de l'entrée de la chambre arrière, sa préférée avec les trois grandes fenêtres dont deux donnent sur un majestueux érable.

L'homme pénètre dans la pièce et dépose son unique valise sur le lit avant de se rendre à la fenêtre la plus proche.

— La vue est très jolie. Et puis, vous avez une petite salle de bain, juste en face. Très pratique ! annonce Alex qui se sent l'âme d'un hôtelier.

L'homme ne semble pas l'écouter. Il quitte la fenêtre et s'avance vers le garçon qui ne peut que reculer jusqu'à l'entrée.

— Ça ira, marmonne l'étranger en agrippant la poignée et en fermant la porte au nez du garçon.

— Quel effronté ! marmonne Alex à son tour en tirant la langue en une grimace moqueuse.

De retour à la cuisine, il se rassoit devant son café au lait.

— Vraiment déplaisant, ce vieux bonhomme! Où l'as-tu déniché? commente-t-il en repoussant avec déception son restant de café devenu froid.

— Ton langage, jeune homme! Personne ne t'a demandé d'en faire ton ami. Il y a plusieurs mois que je songeais à prendre un chambreur… Comme je dors au rez-de-chaussée, le deuxième étage ne me sert pas réellement. J'y ai deux grandes pièces qui ne sont utilisées qu'à l'occasion. Et puis, j'ai remarqué cette annonce au dépanneur l'autre jour. Il cherchait une chambre près de la gare.

— Oh! le hors-la-loi! s'exclame Alex en se remémorant le croquis de Nathanaël sur l'annonce du dépanneur.

— Qu'est-ce que tu racontes?

Visiblement, sa tante a vu le message avant que son ami n'y fasse sa caricature.

— Non, rien, Tati. Je dis des niaiseries. C'est juste que je le trouve très déplaisant. J'espère qu'il ne mangera pas avec nous. Es-tu certaine qu'il est correct? Quelqu'un de bien, comme dirait ma mère?

— Il a de bonnes références que j'ai vérifiées, sois-en assuré. Ensuite, il paie à l'avance. C'est toujours un bon signe. Et puis, oui, je lui ai offert les repas pour un léger supplément et j'espère qu'il acceptera.

— Ah, non! Pas vrai!

— Sois poli, Alexandre Dupays! Sinon tu te passeras de dessert toute la semaine, ajoute Tati en le menaçant du doigt.

La menace n'a que bien peu d'effet sur le garçon. « Tati serait incapable de se priver d'un goûteur enthousiaste comme moi », pense-t-il en regardant sa tante disposer les muffins sur le large plateau rond. Elle admire son œuvre avec un plaisir évident.

« Pourquoi un chambreur ? » se demande Alex.

— Est-ce que c'est parce que tu as besoin d'argent, Tati ?

La question surprend visiblement sa tante. Elle étouffe un petit rire, mais tarde à répondre et semble plutôt mal à l'aise. Il ne l'a jamais vue ainsi. Sa marraine a longtemps travaillé chez Postes Canada d'où elle a pris une retraite précoce l'an dernier. Ses rentes sont excellentes. En tout cas, c'est ce que dit le père d'Alex lorsqu'il tente de convaincre son épouse d'accepter les nombreuses invitations de sa sœur.

— Mes motivations ne te concernent pas du tout, jeune homme. Tu as sûrement mieux à faire que de fourrer ton nez dans ce qui ne te regarde pas ? Allez, ouste ! Va ranger tes choses dans la grande commode. Je t'ai libéré les deux tiroirs du bas.

Le garçon se lève docilement de sa chaise. Il s'arrête aux côtés de Tati et lui plaque un baiser sonore sur la joue.

— Merci de m'avoir sauvé hier soir. Je suis vraiment content de passer la semaine chez toi.

Sans attendre de réponse, il s'enfuit vers l'escalier qu'il grimpe bruyamment. Arrivé au palier de l'étage, il ralentit le pas et tend l'oreille en direction de la porte close de la chambre louée. Aucun bruit ne permet de croire qu'un étranger partage maintenant la maison de sa tante... son havre à lui. Il n'éprouve d'emblée aucune sympathie pour l'individu qui vient déranger ses plans : une semaine tranquille chez sa tante, totalement libre de surveillance parentale. Le rêve ! Tati ne le laisserait évidemment pas faire de bêtises, mais elle lui fait confiance.

Alex délaisse son écoute infructueuse et entre dans sa chambre.

« Je me fais du souci pour rien », se dit-il pour s'encourager. L'homme a l'air complètement asocial : il sera probablement plus discret qu'une taupe.

Le jeune garçon s'affaire rapidement à ranger ses vêtements, shorts, maillots et t-shirts, dans le bas de la commode. Une fois qu'il a terminé, il aperçoit l'heure sur le vieux réveille-matin posé sur la table de chevet. Seulement neuf heures dix ! Il doit encore attendre une heure avant de téléphoner chez Nath.

Les dimanches matin sont sacrés chez les Tammad : personne ne peut faire de bruit avant dix heures, sous peine d'être privé de sortie pour la journée. La famille de son ami se compose de Sarina, sa jeune sœur de cinq ans, de ses parents qui travaillent beaucoup et ne sont pas souvent à la maison ainsi que de sa grand-mère très autoritaire.

À l'heure qu'il est, Nathanaël est probablement encore plongé dans ses rêves. Ce n'est pas comme la semaine, lorsque leurs cours de natation les obligent à plonger dans l'eau glaciale dès neuf heures.

Que pourrait donc faire Alex en attendant? Son réflexe est de s'installer devant l'ordinateur. Malheureusement, sa tante ne s'est jamais complètement lancée dans l'ère informatique. Donc pas d'ordi chez Tati!

Le garçon extirpe un gros livre sur les batailles médiévales de la poche avant de sa valise, puis il s'allonge sur le confortable lit. Rapidement, il glisse dans un profond sommeil, conséquence inéluctable de son réveil trop matinal.

5

Un étrange locataire

— Je suis parfaitement capable de m'occuper de ces détails moi-même. De la tranquillité, c'est ce que je désire plus que tout, madame.

Une voix rêche tire Alex de son rêve. Il était en pleine bataille médiévale.

— Ce n'était que pour vous rendre service ! Je laisserai un panier de draps et de serviettes propres au seuil de votre porte. Voilà tout !

La porte de la chambre d'Alexandre était demeurée ouverte. En s'étirant le cou vers le palier, le garçon aperçoit le locataire à l'entrée de la chambre bleue, les bras chargés d'une pile de serviettes. Les yeux d'Alex croisent ceux de l'étranger : deux billes noires coiffées d'épais sourcils poivre et sel qui se froncent soucieusement. L'homme soutient le regard du jeune garçon pendant qu'on entend les talons de Tati claquer dans l'escalier.

Enhardi par des images de chevalerie médiévale toutes fraîches, Alex fixe l'étranger avec défi. Une sorte de duel pour le moins bizarre s'engage un bref instant avant que l'homme, imperturbable, ne ferme sa porte.

— Oh là là ! En fin de compte, ce ne sera pas de tout repos ici, chuchote Alex pour lui-même.

Dix heures trente-cinq !

Il a dormi une éternité ! Son ami Nathanaël doit l'attendre impatiemment. Les deux garçons s'étaient entendus la veille pour faire une longue balade en vélo vers le bout de l'île.

Après une essoufflante randonnée, les deux copains sont confortablement installés au sous-sol pour leur séance rituelle de jeux vidéo lorsque madame Tammad les oblige à venir manger une bonne soupe aux légumes. La vieille femme à la peau burinée sermonne Alex pour qu'il avertisse sa tante qu'il ne rentre pas dîner.

— Après tout, tes parents ne t'ont pas laissé errer dans le quartier comme un de ces chats vagabonds pleins de puces qui viennent crotter mes plates-bandes, lance la dame toujours aussi sérieuse et austère qu'à son habitude.

— Ta grand-mère n'aime pas les chats ? demande Alex à son ami qui lui tend le combiné du téléphone.

— Non, vraiment pas. Mais ne t'inquiète pas, toi, elle t'aime bien. Avec ou sans collier à puces.

Alex fait une grimace à son ami comme la voix enjouée de Tati résonne à ses oreilles.

Deux minutes plus tard, il rejoint Nathanaël déjà attablé devant un large bol de soupe fumante, la tête néanmoins penchée sur un bout de papier qu'il noircit.

— C'est tranquille chez toi.

— Ouais, ma sœur et ma mère passent la journée à un genre de foire. Et mon père est au boulot, comme toujours.

La famille de Nathanaël n'est pas très aisée. Sa mère est réceptionniste pour un bureau d'avocats à Montréal et son père est mécanicien la semaine et préposé à l'entretien dans une résidence de personnes âgées le week-end. Tous les deux travaillent beaucoup. Nathanaël et sa sœur sont surtout élevés par leur grand-mère.

— Tati t'invite à souper demain soir, lance Alex à son ami. Tu verras, c'est la meilleure cuisinière de la ville... du monde, en fait. Elle...

Alex s'interrompt en remarquant la grand-mère de son ami en train de nettoyer la casserole à l'évier. Il se sent un peu effronté.

— Merci pour la soupe, madame Tammad. Elle est très bonne.

La vieille dame marmonne un «Bienvenue» à peine audible pendant que Nathanaël pousse vers Alex un nouveau gribouillage qu'il vient de terminer. On y voit un être étrange, moitié chat, moitié garçon, qui semble se gratter diligemment au milieu d'une plate-bande fleurie. Le corps aux allures félines est surplombé d'une tête qu'Alex reconnaît aisément avec ses cheveux frisés et ses taches de rousseur. Sous le dessin est inscrit : « N'oublie pas ton collier contre les puces, Alex ! »

Nathanaël avale sa soupe à vive allure, la mine réjouie et l'air moqueur.

— Très drôle, face de rat ! Cela me fait penser, te rappelles-tu l'annonce du dépanneur de l'autre jour ?

Son ami se contente de hausser les épaules.

— Ben, voyons, ton dessin du hors-la-loi !

— Oh oui ! Le gros fumeur !

— J'ignore s'il fume, mais en tout cas il a l'air encore plus bête que sur ton dessin.

— Comment ? Tu l'as rencontré ?

— Ouais… Figure-toi que ma tante l'a pris comme chambreur. Je partage l'étage avec lui. Dégueu, non ?

Nathanaël s'esclaffe bruyamment. De toute évidence, il se moque totalement de son ami. Alexandre patiente avec un petit regard exaspéré.

— J'espère que tu aimes l'odeur de cigarette, envoie Nath entre deux rires.

— Sérieusement, il est bizarre, ce vieux. Cinquantaine avancée, mal rasé, l'allure d'un vagabond avec des vêtements douteux. Mais il prend un air hautain, baveux même, et nous examine de ses yeux perçants.

— Qu'est-ce qu'il fait dans la vie ?

Alex, qui l'ignore, se promet de s'informer à la prochaine occasion. Le repas terminé, les deux amis dévalent l'escalier du sous-sol à toute vitesse pour se jeter sur la meilleure manette de jeu, celle qui assure presque immanquablement la victoire à son utilisateur.

Lorsqu'Alex retourne chez sa tante en fin d'après-midi, un délicieux fumet de pot-au-feu lui chatouille les narines dès qu'il descend de vélo. Pressé de rentrer, il se questionne tout de même sur le meilleur endroit pour ranger sa bicyclette, un modèle ultraléger qu'il a eu pour ses douze ans. Il repousse rapidement l'idée de l'appuyer simplement sur le mur de la maison dans l'allée de côté. Le passage étant étroit, sa tante n'aimerait sûrement pas qu'il lui bloque ainsi l'accès à son jardin. Et puis, ce n'est pas très sécuritaire… Depuis le début du printemps, le quartier voit une impressionnante augmentation du nombre de vols à domicile. Le garçon verrouille son vélo à la clôture de la cour arrière.

— Salut Tati ! lance-t-il joyeusement en entrant par la porte qui mène directement à la cuisine où s'affaire sa tante.

— Bonsoir, jeune homme ! grogne Tati, avec une pointe de réprimande dans les yeux. Tu rentres tard. On soupe dans quinze minutes. Va te débarbouiller un peu et viens m'aider à mettre la table.

Alexandre se glisse entre la silhouette rebondie de sa tante et la cuisinière pour examiner le contenu de la marmite fumante.

— Miam, avec des côtelettes d'agneau.

Ravie, Tati laisse paraître un sourire retenu.

— Ouste !

À l'étage, Alexandre se dirige vers la salle de bain lorsqu'il remarque que la porte de la chambre bleue est restée entrouverte. L'étranger serait-il sorti ? L'envie lui prend de jeter un coup d'œil.

Le garçon avance prudemment, aperçoit un tournevis par terre devant l'entrée de la chambre, s'avance encore, enjambe l'outil, puis glisse la tête par l'ouverture pour inspecter la chambre déserte.

La valise est toujours sur le lit, comme ce matin. Alors qu'Alex s'étonne que le nouveau locataire ne se soit même pas installé, la porte s'efface subitement pour laisser place à une silhouette imposante. Surpris, il recule et dérape sur le tournevis, manquant de peu une chute.

— Euh, je voulais ramasser le tournevis… pour pas… que quelqu'un glisse dessus, bafouille Alex en se sentant stupide de s'être ainsi fait prendre en défaut.

Impassible, l'homme saisit l'outil des mains d'Alex alors que celui-ci remarque qu'un trou rond décore la porte en lieu et place d'une poignée. Sans un commentaire ou même un regard pour le garçon, l'étranger se retourne pour glisser une nouvelle poignée noire dans l'ouverture. Alex en profite pour continuer son chemin vers la salle de bain voisine où il s'enferme en verrouillant la serrure.

Alexandre entreprend de se débarbouiller la figure après avoir fait longuement mousser le savon à la lavande dans le creux de ses mains. «Qu'est-ce qu'il fout avec la poignée? marmonne-t-il entre ses dents. Elle ne fonctionnait pas à son goût? Et puis a-t-on idée d'avoir l'air si bête!»

Le garçon glisse ensuite un peigne dans ses cheveux roux bouclés.

«Il vaut mieux avertir Tati au plus vite», décide-t-il après un dernier coup d'œil à la glace.

À sa sortie de la salle de bain, sa lancée est interrompue par l'étranger qui lui bloque abruptement le chemin. Encore une fois, Alexandre recule et manque de tomber par-derrière. L'individu le retient d'une poigne ferme par le haut de son chandail.

— Nerveux?

Cette fois, l'homme le dévisage de son regard perçant qui, comme ce matin, met Alexandre dans une attitude de défi. Irrité, le garçon se secoue l'épaule pour se déprendre.

— C'est vous qui bondissez devant moi!

Le jeune soutient le regard braqué sur lui. Un silence de duel s'installe.

— Donne ça à ta grand-mère, ordonne le chambreur au bout d'un moment en lançant vers Alex, qui a tout juste le temps d'ouvrir les mains, une vieille poignée ronde ainsi que le tournevis.

— C'est ma tante, pas ma grand-mère, réplique le garçon hargneusement, mais l'homme a déjà tourné le dos et disparaît l'instant d'après dans la chambre en refermant la porte derrière lui.

« Quel rustre ! » songe Alex en descendant l'escalier. « À croire qu'il m'en veut personnellement à me dévisager ainsi. Je ne lui ai rien fait. »

Une fois de retour dans la cuisine, il raconte à Tati que l'étranger a changé la poignée de la chambre bleue. À la moue mi-frustrée, mi-ennuyée de sa tante, il devine qu'elle est déjà au courant.

— Tu peux le renvoyer, ce vieux bonhomme, si tu veux. C'est ta maison.

Sa tante, qui finit de mettre la table sans demander d'aide à son neveu confortablement installé sur sa chaise, s'arrête pour le dévisager.

— Pourquoi le renvoyer ? C'est quelque chose que j'envisageais de faire de toute façon. C'est tout à fait normal pour un locataire d'exiger une serrure avec loquet qui lui permette de protéger son intimité.

Alexandre hausse les épaules.

— Si tu le dis, Tati.

— Et puis, cesse de l'appeler le vieux bonhomme ou l'étranger. Il s'agit de monsieur Albert Lombardi.

— Et qu'est-ce qu'il fait dans la vie ? en profite aussitôt pour demander Alex en se remémorant la question de Nathanaël.

— Il travaille chez Hydro-Québec à Montréal.

— Il est électricien ?

— Non, non. En environnement… Est-ce que tu as fini avec tes questions ? s'impatiente Tati. Et puis, au lieu de perdre ton temps, va donc téléphoner à tes parents. Ta mère a appelé cet après-midi et elle était visiblement déçue de ne pas pouvoir te parler.

Le garçon s'enfuit au salon pour composer le numéro de cellulaire de sa mère. Pendant de longues minutes, ils échangent quelques anecdotes sur leur journée. Alex omet délibérément de parler d'Albert Lombardi. Le chambreur de Tati lui semble de plus en plus étrange.

6

Une agréable journée à la piscine

Le lundi, Alexandre se réveille en ressentant un étrange malaise. Ses yeux vont du store qu'il a oublié de descendre à la porte grande ouverte qu'il avait pourtant bien fermée.

Le souvenir de s'être éveillé à trois heures du matin avec l'urgent besoin d'aller à la toilette lui revient clairement, mêlé à une obscure impression d'avoir été surveillé. L'image d'une haute silhouette masculine postée dans l'entrée de la chambre l'envahit sournoisement. Un frisson parcourt l'échine du garçon et lui fait remonter l'édredon sous son menton.

« Bah ! Ce doit être un mauvais rêve… J'ai simplement dû oublier de refermer la porte quand je suis revenu dans la chambre », marmonne le garçon pour lui-même. Pourtant, il ne se rappelle pas être revenu se coucher.

Une fois arrivé à la piscine, Alexandre se faufile discrètement entre les jeunes attroupés autour du moniteur de natation. Il rejoint Nathanaël installé à côté de Nicolas, un adolescent de treize ans avec qui ils se sont liés d'amitié au début de l'été.

— Salut! chuchote le nouvel arrivant.

Son alter ego lui sourit et Nico, aux manières plus brusques, lui envoie un coup de coude dans les côtes. Alex n'a pas le temps de lui rendre la pareille, car le moniteur enjoint à tous les nageurs de sauter dans l'eau froide pour se « réchauffer ».

Le cours est très chargé ce lundi matin. Antoine, le moniteur de dix-neuf ans au physique d'apollon, semble vouloir leur faire payer la journée de paresse du week-end. Cinq longueurs de brasse, étirements, dix longueurs de crawl, musculation, cinq longueurs de papillon, musculation, cinq longueurs sur le dos, sprint suivi d'une dernière séance d'étirements. La période s'achève sans leur avoir permis un seul moment de répit.

— À demain matin, tout le monde! Ne soyez pas en retard.

Les nageurs, tous âgés de douze à quinze ans, ramassent nonchalamment leurs serviettes tout en jasant. Nicolas en profite pour torsader la sienne et fouetter vigoureusement les jambes de Nathanaël, lequel pousse des cris aigus tout en sautillant. Alex s'esclaffe en entendant la voix de fillette qui fuse de son copain.

— Ceux qui se sont inscrits au cours de sauvetage de la Croix-Rouge, n'oubliez pas que la première leçon aura lieu cet après-midi. Est-ce que tout le monde m'a entendu ? crie le moniteur au-dessus du chahut général.

Pendant qu'Alexandre vérifie si ses parents l'ont bien inscrit, le tourmenteur de treize ans poursuit sa victime jusqu'au vestiaire. Lorsqu'Alex les rejoint, son ami s'est déjà changé et Nicolas, lui, s'est éclipsé.

— On a le cours de sauvetage cet après-midi.

— Je sais. Viens-tu dîner chez moi ? Comme ça, on aura le temps de jouer à *Bataille médiévale* avant de revenir.

Le rouquin acquiesce et s'empresse d'aller retirer son maillot mouillé dans une cabine.

Sur le chemin du retour, Alexandre renseigne son ami sur les dernières péripéties du chambreur.

— Pourquoi changeait-il de poignée ?

— Pour verrouiller la porte lorsqu'il quitte sa chambre. Tati trouve ça normal, mais moi je te le dis, j'ai une mauvaise impression. Je ne l'aime vraiment pas, ce bonhomme.

— Bah ! Il ne doit pas être si pire que ça.

— Non, je te le dis. Il me regarde bizarrement et…

Alex laisse sa phrase en suspens, n'osant pas raconter l'étrange sensation qu'il a eue à son réveil. Monsieur Lombardi l'a-t-il réellement épié pendant son sommeil ? Peut-être qu'il exagère après tout… Ce ne serait pas la première fois qu'il se laisse emporter par son imagination.

— As-tu appris ce qu'il faisait dans la vie ?

— Il travaille en environnement à Hydro-Québec.

Rien de passionnant pour Nathanaël qui fait dévier la conversation vers leur nouveau copain Nicolas.

— Hier soir, quand je suis allé chercher du lait avec mon père, j'ai vu Nicolas qui traînait dans le stationnement devant le dépanneur. Il jasait avec les *bums* qui se tiennent là le soir avec du pot.

Alex plisse les sourcils d'incrédulité. Il ne connaît pas grand-chose de Nicolas Fortier, seulement qu'il a emménagé dans le quartier au printemps avec sa mère et son frère aîné Frédéric. Mais à regarder ses performances au crawl (c'est le plus rapide du groupe), il ne semble guère du genre à traîner dans les rues.

— Tu dois le confondre avec son frère qui est plus vieux. Ils se ressemblent beaucoup, à ce qu'on m'a dit.

— Son frère Fred était là aussi, je l'ai vu. Je ne me trompe pas. Nicolas se tient avec cette gang.

— Ah ! T'es juste frustré parce qu'il ne t'a pas manqué tantôt, rétorque Alex en pointant les marques à présent roses sur les cuisses de son ami. Et puis toi, qu'est-ce que tu faisais là ? Hein ? Tu voulais un petit joint ?

— T'es sourd ? J'allais chercher du lait, je t'ai dit.

— De toute façon, qu'est-ce que ça change ? réplique son copain, ennuyé.

— Rien, répond Nathanaël en freinant devant chez lui.

En silence, les garçons rangent leurs vélos en sécurité dans le garage. Les Tammad aussi sont plus prudents depuis l'explosion de cambriolages dans le quartier.

— N'oublie pas de téléphoner à ta tante avant que ma grand-mère ne te le rappelle, chat plein de puces !

Le cours de sauvetage de l'après-midi s'avère très intéressant, car Laurianne, la belle Laurianne, fait partie de leur groupe. Elle semble très contente de voir ses amis, surtout que l'idée de suivre cette formation n'est pas la sienne, mais celle de sa mère qui, depuis l'installation de la piscine creusée, a des craintes pour Mélina, sa fillette de quatre ans.

Tout au long de la leçon, le trio turbulent se fait souvent réprimander. Cette situation ne semble pas troubler Laurianne qui prétend en connaître déjà beaucoup en sécurité nautique. Elle rit bruyamment aux taquineries des deux garçons, ce qui attire sur eux les regards de tout le groupe. Dans la dernière demi-heure, toutefois, la monitrice fait participer les « placoteurs » à tour de rôle de sorte qu'ils s'assagissent bien malgré eux.

À la fin du cours, la jeune fille s'éclipse rapidement après avoir rappelé l'heure de son party à ses amis. Alexandre soupire longuement en la voyant filer sur son vélo mauve. En chemin, le garçon demeure silencieux. Il se remémore tous les moments magiques de l'après-midi.

— Aaaallleex… Aaaallexx! Redescends sur terre. Tu peux m'attendre ici. Je vais seulement me changer et rappeler à ma grand-mère que je soupe chez ta tante.

Perdu dans ses pensées et insensible aux moqueries de son copain, qui est d'ailleurs au courant de son attirance pour leur copine de classe, le soupirant hoche la tête. Planté dans l'entrée de garage, il songe à sa chance. Non seulement il peut se rendre à la fête de la belle Laurianne vendredi, mais en plus il partagera ses trois prochains lundis après-midi avec elle sur le bord d'une piscine.

Laurianne… Laurianne avec ses longs cheveux châtains qui lui couvrent les épaules en vagues ondulantes. De ses belles boucles aux incroyables reflets dorés les jours ensoleillés émanent des effluves de pomme verte. Cet après-midi, sa chevelure mouillée était plus sombre, prenant davantage la couleur du bois, mais l'odeur de pomme avait semblé ravivée par l'humidité et Alex avait dû faire des efforts pour ne pas s'y coller littéralement le nez.

Les yeux fermés, Alex hume voluptueusement la brise tout autour en s'imaginant Laurianne qui se penche tout doucement vers lui.

— Alex!

Cette fois, l'interjection lancée à deux millimètres de son oreille fait perdre l'équilibre au garçon. Le poids de son vélo l'entraîne irrémédiablement vers le sol. Il se retrouve bientôt étendu sur l'asphalte brûlant.

— Très drôle! dit-il, humilié.

— On y va! lance Nathanaël. Je meurs de faim et j'ai bien hâte de voir si ta tante est une aussi bonne cuisinière que tu le dis.

Alex s'empresse d'enfourcher son vélo.

— Je te parie dix dollars que tu auras le meilleur repas de ta vie.

— Mes parents ne veulent pas que je parie de l'argent. Tu le sais bien.

Bien sûr, Alexandre le sait déjà. Néanmoins, il cherche un moyen d'accumuler de l'argent pour acheter un cadeau à Laurianne... Il doit trouver quelque chose de réellement spécial pour lui plaire.

7

Une hôtesse indignée

— C'est délicieux, madame, dit Nathanaël en se léchant les doigts, la bouche pleine de nourriture. C'est vraim… vraiment le meilleur pou… poulet rôti que j'aie jamais mangé.

— On ne parle pas la bouche pleine, jeune homme. Tu peux m'appeler Tati et tu peux revenir manger aussi souvent que tu le voudras, réplique-t-elle avec un sourire.

Les yeux de Tati pétillent de joie au-dessus de ses joues rebondies. Alex se dit que son père a bel et bien raison : Tati se fait réellement plaisir lorsqu'elle reçoit. Ses pensées sont interrompues par la sonnette de l'entrée.

— Ce doit être monsieur Lombardi. J'y vais ! s'exclame l'hôtesse.

Sa tante s'éclipse et Alex en profite pour chuchoter à son ami qu'il va enfin pouvoir admirer le vieux bonhomme. Mais Nathanaël, totalement absorbé par la nourriture qu'il avale goulûment, ne semble pas l'entendre.

— Relaxe-toi! Ma tante va se faire un plaisir de t'en servir une deuxième portion, une troisième même, si tu veux.

Tati revient alors à la cuisine, suivie par un monsieur Lombardi visiblement réticent.

— Comme vous voyez, j'en ai plus qu'assez pour vous servir une bonne assiettée, annonce Tati déjà rendue à sa cuisinière. Puisque vous n'avez pas soupé, cela vous fera du bien.

L'homme jette un regard blasé sur les deux jeunes tout en demeurant à l'entrée de la cuisine. Il semble bizarrement mal à l'aise.

— C'est gentil de l'offrir, mais comme je vous l'ai dit, je n'ai pas faim.

Les mots du chambreur sont très appuyés, presque impolis; Alex se rappelle ses paroles de la matinée précédente. «Je désire plus que tout la tranquillité.» Mais comment un homme normal peut-il résister à l'arôme des petits plats de sa tante? C'est sérieusement impossible… à moins d'avoir quelque chose à cacher.

— Dommage, dommage… Si vous changez d'idée, vous savez où me trouver.

Alors que l'étranger acquiesce impatiemment de la tête, Alex remarque les grimaces de Nathanaël qui a enfin cessé de se goinfrer pour appuyer son poing fermé sous son nez et lui faire des yeux ronds. À cet instant précis, Alex perçoit une odeur aigre venant profaner l'arôme de poulet rôti. Littéralement attaqué par la puanteur, il se retient pour ne pas lancer un « Pouah ! » retentissant.

Lorsque le chambreur quitte la cuisine, les deux garçons, tout rouges, menacent de s'évanouir.

— Qu'est-ce que vous avez, tous les deux ?

— Mais Tati, voyons ! Tu n'as pas remarqué qu'il empestait, ce vieux bo… monsieur Lombardi ? chuchote Alexandre.

— Bof ! Oui, je dois admettre que ses vêtements dégageaient une drôle d'odeur.

Tati se rend près de la porte pour s'assurer que son locataire ne peut pas les entendre.

— Cessez vos simagrées ! Ça ne sent déjà presque plus, articule-t-elle en brassant l'air à grands coups de torchon.

— Et puis ? Comment le trouves-tu ? murmure Alex à son copain. Étrange, hein ?

— Surtout malodorant !

Les invités s'éventent le dessous de nez pendant que l'hôtesse ouvre la fenêtre de la cuisine puis offre une deuxième portion de poulet aux garçons qui acquiescent à l'unisson.

Après avoir dévoré leurs assiettées ainsi que la meilleure tarte aux abricots du continent accompagnée de la meilleure crème chantilly de la planète, les garçons filent à l'étage. Alex, qui s'est sali en mangeant, tient absolument à se changer avant de se rendre au parc. Ils ont prévu s'y lancer le ballon de football.

— Elle n'est pas si petite que ça, cette chambre, envoie Nath en entrant dans la chambre jaune.

— Ouais, mais la bleue à l'arrière est gigantesque. Elle possède un téléviseur et de grandes fenêtres qui donnent sur le gros érable de la cour. Il y a toujours des oiseaux perchés sur les branches. On peut les voir d'encore plus près que dans les documentaires de la télé.

Nathanaël agrippe le livre de batailles médiévales sur la table de chevet et se laisse tomber sur le grand lit. Il relève l'oreiller à la verticale, sort son carnet et un bout de crayon, puis s'affaire à griffonner en s'appuyant sur l'ouvrage.

— Tu fais le portrait du chambreur?

— Ouais, répond distraitement le dessinateur, un bout de langue sorti pour l'aider dans sa concentration.

Alex adore les dessins de son ami. À ses yeux, c'est un peu comme de la magie. Le résultat est encore plus surprenant lorsqu'Alex n'admire le travail de l'artiste qu'une fois l'œuvre terminée. À le regarder crayonner, il a toujours l'impression que c'est facile, que son ami y va de n'importe quel petit coup de crayon... Seulement, après maints essais ratés, il a fini par admettre que ce n'est vraiment pas le cas: Nath est un maître, un dieu du dessin. Mieux vaut laisser le prodige s'exécuter quelques minutes pour ensuite profiter de l'effet de surprise.

Alexandre retire son chandail souillé puis agrippe le bâton déodorant qu'il frotte sous ses aisselles un peu trop frénétiquement (il veut sentir bon au cas où il croiserait Laurianne au parc). Une fois son nouveau t-shirt enfilé, il replace ses cheveux devant le miroir. Fin prêt, il donne une tape sur les pieds de son copain.

— Allons-y !

— J'ai presque terminé, marmonne le caricaturiste. Hum… Oui. Voilà !

Alex observe le carnet tendu. Le portrait n'est pas très fidèle, mais les détails sont savoureux. Nathanaël a revêtu son personnage d'un large imperméable. Trois mouffettes partagent le manteau de l'individu. Plusieurs queues rayées en ressortent ainsi qu'une petite tête hirsute qui se pointe au bord de la manche droite. Des lignes sinueuses s'élèvent de partout pour rappeler l'odeur infecte.

— Pas mal… pas mal du tout. Mais faudrait lui donner un air plus impressionnant. Car je te le dis, il fait peur, cet homme.

Une sonnerie musicale de cellulaire se fait entendre. La porte de la chambre est demeurée ouverte.

— C'est sûrement le chambreur. Ma tante n'a pas de cellulaire.

La musique s'arrête au moment où Nathanaël, les yeux brillants de malice, murmure :

— Suis-moi si tu veux en savoir plus sur ton voisin puant.

Déjà au pas de la porte de la chambre bleue, le grand garçon y appuie son oreille. Alex, un peu réticent, l'y rejoint. Ils entendent clairement la voix du chambreur.

— *C'est plutôt stable... Ouais... Il était très amorti.*

Nath se retourne vers Alex avec un sourire complice.

— Qui ça?

Alex lui fait signe de se taire. Les deux garçons reprennent l'écoute.

— *Ça m'enrage de le voir ainsi. Tu ne peux pas savoir... Lorsque...*

Soudain, Alexandre se sent brutalement tirer par le collet. Il retient de justesse un cri de surprise et aperçoit son ami tout aussi malmené que lui. Sans relâcher sa prise, Tati fait passer les garçons devant elle dans l'escalier. Elle ne prononce pas un mot avant de les avoir emmenés à la cuisine, où elle les libère finalement.

— C'est ainsi que tu me remercies de mon hospitalité, Alexandre. Épier les conversations de mon locataire! Qui t'a dit que c'était permis dans cette maison? Cet homme me paie un loyer. Il a droit à sa vie privée. Crois-tu qu'il serait heureux d'apprendre ce que vous faisiez?

Nathanaël qui, visiblement, se sent très mal à l'aise tente de s'excuser.

— C'était mon idée, avoue-t-il. Je ne pensais pas que c'était si mal.

— Je me moque de savoir qui en a eu l'idée. Vous avez tous les deux un cerveau qui doit servir quatre saisons par année, pas juste à l'école. Alexandre Dupays, ne t'arrange pas pour me faire perdre ce chambreur. Il n'a rien de bizarre. C'est le dernier avertissement que je te donne.

Penauds, les deux écornifleurs s'empressent de s'excuser et déguerpissent.

— Aïe! Aïe! Aïe! s'exclame Nathanaël en s'enfuyant au pas de course une fois dehors. Désolé, Alex!

Avant de se diriger au parc Sainte-Do, les garçons doivent aller récupérer le ballon de football dans le cabanon d'Alex.

— Je pense que ta tante est très sérieuse et que tu devrais foutre la paix à ton vieux bizarre.

— Je sais… Tu as sans doute raison. Lorsque ma tante me gardait quand j'étais petit, elle mettait toujours ses menaces à exécution. Vaut mieux que je l'oublie, ce bonhomme étrange! Tout de même, de qui crois-tu qu'il parlait?

— Au téléphone? Je ne me souviens même pas de ce qu'il a dit. Ta tante m'a fait tellement peur en m'agrippant.

— Il discutait de quelqu'un d'amorti. Ça, je suis certain de l'avoir entendu, affirme Alex d'un ton convaincu.

Le ballon file dans un ciel encore bleu. C'est le début d'une belle soirée. Alex et son ami jouent depuis à peine une dizaine de minutes quand des jeunes du quartier leur proposent de faire une partie. Ils acceptent avec joie. Peu de temps après, Alex, qui vient habilement d'éviter un robuste plaquage, réussit une longue passe à Nathanaël. Son ami attrape le ballon en plongeant de façon spectaculaire. Au travers des sifflements d'admiration, le garçon songe qu'il aurait pu s'ennuyer aux États-Unis en compagnie de ses parents. Au lieu de ça, il est là, à jouer au football. Au milieu de joyeuses bousculades, il murmure pour lui-même un « Merci, Tati ! ».

8

Une sombre maison près de la gare

Le lendemain matin, Alexandre se lève tôt afin d'être le premier à se doucher. Dès son réveil, il constate que la porte de sa chambre est ouverte. Il est pourtant certain de l'avoir fermée. En fait, «presque certain» serait plus précis. La veille, il s'est couché tard. Nicolas Fortier est apparu au parc à une heure avancée et il a donné un deuxième souffle à leur match improvisé. L'adolescent est encore meilleur au football qu'en natation, ce qui n'est pas peu dire. Ils ont joué jusqu'à ce que les deux lignes blanches sur le ballon soient totalement invisibles dans l'obscurité.

«Ce soir, je vais m'assurer de bien la fermer», se promet Alex en songeant qu'il est tout de même un peu paranoïaque.

Quel intérêt l'étranger pourrait-il lui porter? Il donne plutôt l'impression de ne s'intéresser à rien ni à personne.

Vivifié par le parfum citronné du gel douche, Alex descend déjeuner en sifflotant joyeusement. À la cuisine, un demi-pamplemousse et un généreux bol de gruau aux pommes et aux raisins l'attendent.

— Bonjour, Tati !

— Bonjour, Alexandre ! Bien dormi ?

— Très bien, répond le garçon en chassant ses inquiétudes d'un sourire ravi.

— Tant mieux ! Car j'espère que tu utiliseras toute ta tête aujourd'hui.

— Sois sans crainte, Tati, déclare aussitôt Alex, qui saisit très bien l'allusion.

Pas question de se préoccuper de ce monsieur Lombardi ! Il a d'autres projets sur lesquels se pencher... Il doit trouver un cadeau pour Laurianne. Cette idée lui rappelle qu'il n'a pas averti Tati de la fête de vendredi.

— Ce vendredi, il y aura un party pour l'anniversaire de Laurianne. Ce sera aussi une bonne occasion de voir quelques copains de ma classe de sixième. Avec le secondaire qui commence en septembre, on se sépare dans plusieurs écoles.

— Moi, je n'ai pas d'objections à ce que tu t'y rendes. Je vais tout de même vérifier auprès de tes parents. Ce sera un vendredi treize. Vous n'êtes pas superstitieux, vous, les jeunes !

— Ben, voyons ! Que veux-tu qu'il arrive ? Plus personne ne croit à ces superstitions. Pas de problème pour mes parents. Ils sont déjà au courant.

Tout en sirotant son thé à la menthe, Tati le regarde, amusée.

— Tu vas devoir lui trouver un cadeau, à cette jeune fille. As-tu de l'argent ?

— J'ai seulement les vingt dollars que mon père m'a laissés pour acheter des glaces et des bonbons et pour louer des jeux vidéo, répond-il piteusement.

— Vingt dollars de glaces et de bonbons remplis de saveurs artificielles ! J'ai assez de nourriture ici pour satisfaire toutes tes fringales. Sers-toi plutôt de cet argent pour le présent.

Alexandre doute qu'il puisse résister à ses Mister Freeze quotidiens ainsi qu'aux grosses réglisses à la cerise du dépanneur. Mieux vaut tout de même ne pas protester.

— Nathanaël et moi, on va à la boutique de cadeaux cet après-midi.

Le visage de Tati se plisse en une moue dubitative.

— Jeudi, je prévois faire un tour à la librairie. Si tu n'as pas trouvé d'ici là, tu pourras lui choisir un livre.

Alexandre acquiesce de la tête en se disant qu'il espère réellement dénicher un présent plus original.

Sa serviette de plage autour du cou et frissonnant dans la brise fraîche du matin, Alexandre enfourche son vélo en soupirant : l'entrée dans l'eau de la piscine publique risque d'être affreusement pénible. La nuit dernière a été plutôt froide, le garçon a dû remonter la douillette sous son menton.

Lorsque le jeune cycliste quitte l'Anse-aux-Gascons pour bifurquer sur Jasmin, la circulation y est un peu dense. Dépassé par un scooter pressé, le garçon s'assure de se tenir bien à droite sur la chaussée. Deux cents mètres devant, il remarque un marcheur, mallette à la main. La silhouette haute et légèrement voûtée lui rappelle le locataire de sa tante. Curieux, le garçon s'approche davantage.

Un instant plus tard, il en a la confirmation. Devant lui, à maintenant moins de cent mètres, se dresse l'étrange individu. « Il doit être en chemin vers la gare pour y prendre le train et traverser à Montréal », songe Alex en détournant la tête, se remémorant soudain sa résolution de laisser monsieur Lombardi tranquille.

Arrivé à la section du parc Sainte-Dominique où il profite normalement d'un raccourci en passant au travers du vaste terrain gazonné pour rejoindre la piscine, le garçon se sent l'âme à un peu de nouveauté. Il décide de poursuivre son chemin rue Jasmin, mais prend soin de rester à bonne distance du chambreur. Le cours de natation ne commençant pas avant dix minutes, il dispose d'amplement de temps pour faire le détour par la rue du Boisé.

Les rues du quartier Sainte-Dominique forment un enchevêtrement de places et d'anses plutôt inhabituel et très déroutant pour les non-initiés. Pour les enfants du secteur, se balader dans ces dizaines de rues qui ne débouchent nulle part est un pur plaisir. Elles leur offrent une multitude de zones de jeu. Tous les jeunes connaissent par cœur les chemins les plus directs pour rejoindre les points stratégiques : parc, piscine, terrains de soccer et de tennis, dépanneur et crèmerie.

Alex connaît aussi par cœur le chemin pour se rendre à la gare Sainte-Dominique. Le train étant le moyen de transport principal de ses parents, ce trajet n'a aucun mystère pour lui. Aussi est-il étonné d'apercevoir monsieur Lombardi, qui a pourtant l'air pressé, continuer tout droit rue Jasmin sans bifurquer sur la terrasse des Quatre-Vents. « En avançant ainsi jusqu'au chemin du Bord-de-Lac, le chambreur s'impose un long détour », se dit le garçon à présent intrigué.

L'idée d'aller prévenir le chambreur de son erreur s'insinue sournoisement dans la tête du garçon. Après hésitation, il décide plutôt de se mêler de ses affaires. Sa tante a été très claire à ce sujet, après tout. « Et puis, tant pis pour lui s'il ignore son chemin », se dit Alex en s'apprêtant à tourner à gauche par la rue du Boisé.

Un remords ralentit son élan. Ses parents lui ont tout de même enseigné les bonnes manières... Le chambreur est nouveau dans le quartier, il pourrait bien être en train de se perdre. Sur ce raisonnement hâtif, Alexandre revient sur ses pas avec l'intention de s'assurer que l'homme retrouve son chemin vers la gare.

En prenant soin de demeurer discret, Alexandre réussit à suivre l'étranger sans se faire repérer.

Une fois sur le chemin du Bord-de-Lac, monsieur Lombardi tourne vers la droite en direction de la gare. À ce stade, il serait difficile pour le chambreur de se perdre, car la gare est droit devant s'il avance sans bifurquer. Mais tant qu'à manquer le début de son cours de natation, Alex songe qu'il vaut mieux s'en assurer.

En roulant très doucement, le garçon réussit à se maintenir à une distance raisonnable de l'individu. Celui-ci a augmenté le rythme et s'engage maintenant sous le viaduc de la voie ferrée. Lorsqu'à son tour Alexandre circule sous celui-ci, le train en direction de Montréal rugit en accélérant bruyamment dans un son de métal comprimé.

« Il aura finalement raté son train avec ce long détour », songe Alex, intrigué, en remontant la rue vallonneuse.

Lorsqu'il arrive de l'autre côté, une surprise attend le garçon. Monsieur Lombardi est disparu. Perplexe, Alex s'immobilise.

— Où est-il passé ?

Un bruissement de feuilles derrière lui le fait sursauter nerveusement. Heureusement, il ne s'agit pas du vieux bonhomme qui aurait voulu l'attraper en plein méfait d'espionnage, mais seulement de deux corneilles qui sautillent. Il aurait eu l'air du parfait idiot. « "Oh ! Je voulais seulement m'assurer que vous saviez comment vous rendre à la gare !" Ouais, jamais il ne m'aurait cru », se dit Alex en continuant de rouler sur Bord-de-Lac.

Lorsqu'il croise la rue suivante, terrasse des Bouleaux, Alexandre bouillonne de curiosité inassouvie.

— Non, mais… Il n'a tout de même pas disparu!

Le garçon doit se rendre à l'évidence: monsieur Lombardi n'est nulle part et son cours de natation va commencer. Il n'a pas le choix: il abandonne sa filature.

Freinant sans hésitation, il pivote sur sa roue arrière à l'instant même où il aperçoit un homme grimpant l'escalier menant sur le perron d'une maison délabrée à l'entrée d'une ruelle naissante, deux cents mètres plus loin.

Le chemin du Bord-de-Lac est libre des deux côtés. Alex le traverse et s'engage sur la terrasse des Bouleaux. Il se dissimule dans l'épaisse végétation en bordure de route pour observer l'individu. Celui-ci dépose sa mallette, retire un objet de sa poche de veston, puis déverrouille et ouvre la porte. Il récupère ensuite sa mallette qu'il glisse sous son bras avant de pénétrer dans la vieille maison.

Pas de doute à y avoir! Monsieur Lombardi vient de s'introduire dans cette vieille maison délabrée. On pourrait aisément penser qu'elle est abandonnée avec son terrain redevenu sauvage, ses bardeaux en loques et son solage crevassé. Le chambreur de Tati n'a pas pris le train pour se rendre en ville. Mais pourquoi?

Que fait-il là ? Alex n'y comprend rien, sauf qu'il y a assurément quelque chose de louche là-dessous.

Le train, en provenance de Montréal cette fois, arrive en gare, lui rappelant son cours de natation. Un coup d'œil à sa montre lui confirme un retard de dix minutes. Après un dernier regard à la sombre maison qui abrite le mystérieux locataire, le garçon reprend la route à vive allure vers la piscine.

9

Les gars mènent l'enquête

Alexandre s'extirpe de l'eau en massant les muscles de ses épaules qui brûlent sous l'effort combiné des cinq vigoureuses longueurs de crawl et des trente pompes encaissées pour son retard. Il s'assoit entre Nathanaël et Nicolas pour souffler un peu. Pendant ce temps, l'autre moitié du groupe saute à l'eau.

Incapable de garder plus longtemps pour lui son étrange découverte du matin, le garçon se lance dans une brève, mais fidèle explication de son retard. Nathanaël l'interrompt rudement.

— N'avais-tu pas promis de le laisser tranquille, celui-là ? Pourquoi l'as-tu suivi ?

— Je n'ai rien promis, se justifie aussitôt Alex qui se rappelle avoir annoncé qu'il se mêlerait de ses affaires dorénavant.

Aucune promesse n'avait cependant franchi ses lèvres.

— Je croyais qu'il se trompait de chemin pour se rendre à la gare, explique Alex, mais lui-même ne croit déjà plus cette excuse lorsqu'il voit ses deux copains s'esclaffer. Laissez-moi finir de vous raconter…

Son histoire est cependant interrompue, car son groupe est invité à exécuter six longueurs de dos. À la deuxième pause, il complète son compte rendu avec le chambreur qui disparaît dans la vieille maison.

— Vous ne trouvez pas ça louche ? Un gars qui loue une chambre dans le quartier pour se rendre dans une maison délabrée au lieu d'aller travailler.

— C'est probablement juste une niaiserie, propose Nathanaël en frissonnant. Il avait peut-être des choses qui traînaient là-bas. Il les a ramassées, puis il est allé prendre le train dès que tu es parti. Qui sait ?

— Peut-être, concède Alex en grimaçant. Mais pourquoi louer une chambre s'il a une maison à Sainte-Do ?

— Qui dit que c'est sa maison ?

— Il avait les clefs. Tu as les clefs de maisons autres que la tienne, toi ?

Nathanaël soupire longuement.

— C'est vrai que c'est bizarre, admet-il enfin.

Alex se retourne alors vers Nicolas étendu à plat ventre, la tête appuyée sur ses bras, les yeux fermés.

— Nico, qu'est-ce que tu crois, toi ?

L'adolescent hausse simplement les épaules. Il n'a eu que bien peu de réaction, ce qui déçoit Alexandre qui pensait l'épater avec cette étrange histoire.

— En tout cas, si tu ne veux pas avoir d'ennuis avec ta tante, tu serais mieux de tout oublier, déclare Nathanaël d'un ton convaincu.

Étouffant un rire narquois, Nicolas se retourne.

— On a peur de sa tatatata… tante, lance-t-il effrontément.

Alex relève bravement le menton.

— Au contraire, je veux la protéger. Je n'aime pas qu'elle héberge cet étranger.

Les yeux de Nicolas brillent soudainement de malice.

— Je te parie vingt dollars que tu n'arrives pas à résoudre le mystère avant la fin de la semaine.

Sans réfléchir, Alex tape dans la main tendue pour accepter le pari.

— Tu es foutu, Nicolas ! Je vais élucider ça en moins de deux. J'espère que t'as l'argent et que tu vas tenir parole.

— Ne t'inquiète pas pour ça. Arrange-toi seulement pour avoir des preuves quand tu penseras avoir percé le mystère. Oups, c'est vrai ! Pas besoin de preuves puisque tu vas seulement réussir à te faire punir par ta petite tante.

La conversation est interrompue par le moniteur qui avise tout le groupe de rejoindre le bassin de cinq mètres pour effectuer son exercice d'endurance préféré : du sur-place, avec les jambes seulement, les deux bras devant se trouver au-dessus de la tête en tout temps.

À la fin du cours, Nicolas s'éclipse toujours aussi rapidement qu'à son habitude. En finissant de se changer, Nathanaël conseille à Alexandre d'ignorer cette histoire de pari.

— Si tu n'en parles plus, Nicolas l'oubliera probablement.

Alex en doute fort ; il pense plutôt que Nicolas se fera un devoir d'exiger son argent au plus vite s'il tente de se désister. Mais de toute façon, le garçon ne regrette rien.

— Non. J'ai besoin de découvrir qui est réellement ce monsieur Lombardi. C'est sérieux ! Il dort sous le même toit que moi. On est en quelque sorte à sa merci. Tu veux que je me fie à un étranger qui, tu l'as admis toi-même, se comporte bizarrement ?

Nathanaël sort de la cabine en secouant sa tignasse brune de gauche à droite, éclaboussant exprès son ami.

— Ben, ce n'est pas illégal d'être bizarre.

— Ça cache quelque chose, réplique Alex du tac au tac. Et je dois savoir quoi.

— Mais ta tante…

— Nous pouvons enquêter discrètement, sans qu'elle le sache, réplique Alexandre d'un air convaincu en s'essuyant. Je peux compter sur ton aide ?

Le grand garçon retrousse son nez en hésitant.

— Allez ! Qu'est-ce que tu risques après tout ? C'est seulement moi qui écoperai si Tati l'apprend.

Avec un sourire en coin, Nathanaël remonte un poing franc vers Alex qui y cogne le sien dans un toc sonore scellant leur complicité.

Les deux copains ramassent maillots et serviettes mouillés qu'ils torsadent quelques instants plus tard sur leurs guidons de vélo. Une fois en route, les garçons hésitent. Alex s'immobilise à l'entrée du parc.

— En premier, il faut découvrir si le bonhomme passe toute sa journée dans cette vieille cabane. On ira l'espionner cet après-midi, décide Alexandre.

— OK ! Viens-tu jouer à *Dark Angel* avant le dîner ?

— Non, Nath. Allons plutôt à la boutique, je cherche un cadeau pour Laurianne.

Nathanaël esquisse une moue approbatrice.

— Ouais… C'est vrai que le party de vendredi est pour son anniversaire, après tout. Je vais devoir lui apporter quelque chose, moi aussi.

Dérapant dans la poussière de roche, les garçons font demi-tour et se dirigent vers le minicentre commercial. Alexandre songe qu'avec l'argent qu'il obtiendra du pari, il pourra sûrement acquérir un somptueux cadeau.

Ce mardi, pour la première fois de la semaine, les deux amis dînent chacun de leur côté. Après la décevante visite au magasin du coin, Alex retourne chez sa tante pour déguster un bon repas et s'informer des allées et venues de l'étranger.

Il repousse sa chaise, le ventre bien repu : pâtes au jambon avec sauce béchamel accompagnées d'une salade de crudités marinées dans une vinaigrette sucrée. La portion avait été très généreuse.

— C'est silencieux, ici. Monsieur Lombardi n'est pas là aujourd'hui? demande le garçon en adoptant le ton le plus anodin possible.

— Il est parti travailler. Nous sommes mardi, répond Tati en frottant le fond de son évier.

Elle arrête subitement son nettoyage pour se retourner vers son neveu, les sourcils froncés.

— Monsieur Lombardi est parti juste avant toi ce matin, Alexandre Dupays. Ne fais pas l'innocent. Tu sais qu'il n'est pas ici.

— J'avais oublié. Je n'ai pas fait attention, ment Alex sans scrupules.

Sa tante le dévisage d'un air soupçonneux avant de lui offrir des fraises en coupe. Alex regarde sa montre et s'aperçoit qu'il est déjà tard. Nathanaël, qui a promis de le rejoindre pour une équipée vers la maison délabrée, va sûrement arriver d'un moment à l'autre.

Devant l'hésitation évidente de son neveu, la main posée sur un abdomen gonflé, elle propose plutôt de lui apprêter des fraises pour emporter.

— Vous pourrez vous les partager, Nathanaël et toi.

— Tati, tu es réellement la meilleure!

Les yeux brillants, Alex accepte le sac rebondi et alléchant, puis s'en va chausser ses souliers dans l'entrée.

— Je reviens pour le souper, crie-t-il avant de sortir sur le perron au moment même où Nathanaël surgit, sprintant sur sa bicyclette.

Après avoir récupéré son propre vélo, Alex, qui a pris soin de glisser le sac de petits fruits contre son abdomen, sous son chandail rentré dans son short, rejoint son ami qui tourne en rond devant la maison.

— Allons-y! Direction: vieille cabane délabrée. Suis-moi! lance l'apprenti Sherlock en ouvrant le chemin.

Le trajet est parcouru à bon rythme. Une fois dans la rue Jasmin, les deux garçons vont jusqu'au chemin du Bord-de-Lac, où ils s'engagent à droite en direction de la gare. Ils passent ensuite sous le viaduc de la voie ferrée, puis le jeune Dupays repère la rue où il avait perdu de vue le chambreur: il s'agit de la terrasse des Bouleaux. Avec Nathanaël toujours à sa suite, Alex s'avance pour aussitôt bifurquer dans la ruelle qui abrite la vieille maison.

Ils progressent jusqu'au bout du chemin qui se termine en cul-de-sac quatre habitations plus loin. Alexandre s'immobilise devant une jolie maison de style espagnol un peu désuète, mais bien entretenue.

— C'est ça, ta cabane délabrée! s'exclame Nathanaël, avec un air incrédule.

— Ben non. C'est la première maison de la ruelle, mais je n'ai pas voulu m'arrêter juste devant. N'oublie pas qu'on doit être discrets. Il vaut mieux laisser nos vélos ici et nous y rendre à pied.

Nath acquiesce de la tête et les deux amis ont tôt fait de descendre de leurs bicyclettes. Seulement, il n'y a aucun endroit pour les dissimuler. Les deux terrains fermant le cul-de-sac n'offrent que trop peu de végétation. Alexandre décide de les ramener avec eux sur une cinquantaine de mètres, où, là, ils trouvent aisément à les cacher dans de simples herbes hautes d'un terrain non aménagé.

Observant un silence prudent, les garçons continuent à pied jusqu'au terrain en face de la vieille cabane, celle située au 13 de la terrasse des Bouleaux. Celui-ci, généreusement boisé, fournit l'abri parfait. Ils se glissent furtivement entre deux buissons envahissants pour épier la façade en toute clandestinité.

Une fois qu'ils sont en poste, l'excitation de leur première séance d'espionnage s'évanouit rapidement. De longues minutes s'égrènent maintenant dans une attente mortellement tranquille.

— Drôlement ennuyante, cette filature ! commente Nathanaël après un bâillement. Ça nous prendrait des beignes et du café pour nous garder éveillés. Comme dans les émissions policières à la télé… Sauf que je déteste le café, moi. Et puis, ton vieux bonhomme est peut-être parti à Montréal pour travailler.

D'un doigt sur la bouche, Alex fait signe à son ami de se taire. Il glisse ensuite une main par l'encolure de son chandail pour récupérer le sac de fraises bien rouges. Les yeux ronds de Nathanaël fixant la généreuse collation valent mille mots. Reconnaissant à son ami de rester silencieux, Alex le ravitaille copieusement pendant qu'il se gave aussi des petits fruits juteux et sucrés.

Alexandre demeure absorbé par la maison d'en face qui semble totalement déserte. « Des heures pourraient bien s'écouler avant qu'on aperçoive quoi que ce soit », pense-t-il, réaliste. Et dès que les fraises seront épuisées, il devine que Nathanaël s'impatientera de nouveau. Il lui faut trouver un moyen de savoir s'il y a quelqu'un à l'intérieur. Mais comment ? Alex se creuse les méninges à la recherche d'une bonne idée.

Bientôt, le sac de fruits est vide et l'attente recommence.

— C'est long, soupire Nathanaël. Combien de temps encore veux-tu rester ?

— Je ne sais pas… Faudrait trouver un moyen de vérifier s'il est à l'intérieur. C'est tout ce que je veux savoir.

— Juste ça ! Après on s'en va ? demande Nath en se léchant les doigts maculés de jus de fraise.

— Ouais, j'ai pas encore de plan précis pour résoudre ce mystère, avoue Alex.

— Alors, je vais sonner. On saura s'il y est et ensuite on ira jouer à *La Mission de Bourne*.

Alex agrippe fermement le bras de son ami qui esquissait le mouvement de se relever.

— T'es fou ! Sans raison comme ça ! Il t'a vu chez moi, hier. Il saura que c'est nous.

— Relaxe-toi, Alex. Je ne me ferai pas voir. Je vais faire un « sonne-décrisse ».

Alex doit admettre que l'idée, quoique simple, n'est pas inintéressante. Il n'est pas amateur de ce jeu où un «volontaire» doit sonner à une porte et rejoindre illico ses copains dissimulés qui observent la réaction de la victime. Cette dernière est généralement bien embêtée par ce visiteur invisible et son désarroi déclenche à coup sûr une tempête de rires étouffés. Avec la série de vols commis récemment dans le quartier, ce vilain tour n'est pas tout à fait de bon goût, mais il ne voit pas d'autres solutions.

— OK, traverse la rue plus loin là-bas. Et après, sauve-toi rapidement sur le côté !

— Jason Bourne remplit toujours sa mission à une vitesse phénoménale, assure Nathanaël, les bras croisés et hochant la tête avec un petit air prétentieux.

— On n'est pas dans un jeu vidéo. Arrête de niaiser ! C'est sérieux et même dangereux.

— J'y vais !

Et sans qu'Alex ait eu le temps de lui lancer d'autres conseils, Nathanaël quitte les épais buissons par l'arrière.

Nerveux, Alexandre patiente en ramassant le sac vide qui traîne à ses pieds pour l'enfouir dans sa poche de short. Accroupi au sol, il observe ensuite la vieille cabane silencieuse en se demandant où est passé son copain. Le cri d'un oiseau derrière lui le fait sursauter légèrement, mais son regard reste soudé à la maison. Un piaillement supplémentaire l'amène à se retourner la tête. Une solitaire corneille noir de jais est perchée dans l'arbre au-dessus de lui.

— Chut! fait Alex en reportant son attention sur la maison juste au moment où son ami arrive du côté de la maison voisine.

— Krroa! Krroa! Krroa!

Nathanaël a atteint les marches de bois abîmées menant à l'entrée. Instinctivement, Alex retient son souffle; il espère presque qu'il n'y aura personne et qu'ainsi son ami ne risquera rien. Celui-ci est maintenant sur le seuil, tout près de la porte, mais au lieu d'activer la sonnette, il se colle la figure sur la fenêtre latérale bordant la porte.

— Krroa! Krroa!

Alex enrage. «Pourquoi Nathanaël prend-il ce risque? Pourquoi ne sonne-t-il pas?» se dit-il en frémissant.

Finalement, l'imprudent se décide et enfonce la sonnette. La fraction de seconde suivante, il a déjà dévalé l'escalier et bifurqué dans le parterre. Malheureusement, sa fuite est aussitôt interrompue par une rude chute dans l'allée de pierres inégales. Étendu de tout son long dans un tapis de mauvaises herbes, le garçon se tortille de douleur.

Alex est complètement décontenancé. Une partie de lui veut courir au-devant de son copain pour s'assurer qu'il va bien et l'aider à déguerpir. Seulement, il est terrassé par le sentiment qu'ils vont se faire prendre la main dans le sac. Tétanisé, Alexandre demeure accroupi en espérant que son copain lui pardonnera sa lâcheté.

Bientôt une minute que Nath a sonné et personne n'est venu répondre. Son ami s'est finalement relevé aux trois quarts et s'est sauvé en clopinant vers le bout du cul-de-sac. Alex se mordille la lèvre de remords au moment où il aperçoit les rideaux onduler dans la large fenêtre à la droite de l'entrée. Subitement, la draperie s'écarte pour laisser place à une haute silhouette. D'un regard qu'on devine perçant malgré la distance, l'individu inspecte les environs de gauche à droite.

Malgré le fait qu'il ne risque rien dans ce buisson touffu, Alex s'accroupit davantage et cesse presque de respirer. Un bref instant plus tard, le rideau reprend sa place initiale et la maison retrouve son aura de mystère.

Les cris glauques de la corneille accueillent un Nathanaël boitillant. Alex inspire et esquisse un sourire embarrassé.

— Je gage que je me suis pété le genou pour rien? demande le garçon qui ne semble pas du tout frustré de n'avoir reçu aucun secours. Personne n'a répondu?

— Personne n'a répondu… mais je l'ai vu.

— Le vieux puant? demande Nathanaël, le regard brillant soudain d'espoir plutôt que de douleur.

Alex acquiesce de la tête, tout en gardant un œil sur la vieille cabane.

— Il a regardé par la grande fenêtre.

— Es-tu certain que c'était lui?

— Oui! Je l'ai vu clairement. Il a entrouvert le rideau et m'a regardé. Ben, il a regardé partout devant, explique Alexandre. J'avais presque l'impression qu'il me voyait. Mais c'était seulement une impression. Heureusement, toi tu étais loin. Comment ça va ?

Nathanaël n'avait qu'une éraflure au genou gauche. Rien de sérieux, surtout de la rougeur et des petites roches enfoncées dans la peau. Un peu d'eau et du savon en viendraient à bout.

— Pourquoi est-ce qu'il n'a pas répondu ?

— Parce qu'il se cache, j'imagine… T'as raison de le trouver louche. Alors, on y va ?

Fidèle à sa parole, Alexandre plie bagage sur-le-champ. Les cris de l'oiseau au plumage noir accompagnent les deux garçons qui récupèrent leurs vélos au bout du cul-de-sac.

De retour sur le chemin du Bord-de-Lac, Alexandre se dirige naturellement vers le dépanneur où ils s'achètent leurs habituels Mister Freeze ainsi que quelques bonbons.

À la sortie du commerce, les yeux d'Alex s'attardent sur l'étagère de bière flanquant la porte d'entrée : elle n'arbore qu'une seule annonce, une vente-débarras pour le week-end suivant. Aucune trace de l'annonce du chambreur ne subsiste.

Cet après-midi-là, Alex mange toute une volée aux jeux vidéo. Son esprit est ailleurs : il cherche désespérément un moyen de résoudre le mystère du chambreur. Pourquoi se cache-t-il dans cette cabane ? Qu'y a-t-il à l'intérieur ?

10

Un sacré menteur

Lorsqu'Alexandre retourne chez sa tante pour le souper, une surprise l'attend. Dès son entrée, un bruit de voix discutant à l'arrière de la maison l'inquiète. Il tend l'oreille, craignant une altercation entre Tati et le chambreur. « Ce dernier aura eu une nouvelle demande exagérée comme des rideaux plus opaques ou un meilleur téléviseur », songe le garçon irrité.

Mais contre toute attente, le ton de la conversation semble cordial, amical même. La porte de la cuisine est fermée et empêche Alexandre de saisir le sujet de la discussion, toutefois le timbre de voix de sa tante est assurément joyeux. Lorsqu'un rire grave qui, de toute évidence, ne peut appartenir qu'au chambreur retentit, le garçon s'empresse de retirer ses espadrilles puis se précipite à la cuisine.

Son entrée est accueillie par un nouveau rire, celui de Tati cette fois. Cette dernière est installée en face de monsieur Lombardi ; les deux partagent un souper en tête à tête. En apercevant son neveu, sa tante affiche cependant un air sévère.

— Où étais-tu passé, jeune homme ? Est-ce que tu as vu l'heure ?

Estomaqué par la vision du chambreur attablé dans la cuisine de Tati, Alex reste muet un instant. Enfin, il regarde l'heure avant de répondre à sa tante.

— Il n'est même pas dix-huit heures. Tu as dit qu'on souperait à dix-huit heures.

— Ce n'est pas très poli d'arriver à la dernière minute. Il faut prendre le temps de dire bonjour, de s'informer des autres, de se débarbouiller…

Sa tante ne peut s'empêcher de sourire devant son air atterré.

— Allez, nettoie-moi ces mains, je te sers un plat.

Sur ces mots, l'hôtesse se lève tandis qu'Alex, docile, s'exécute.

Pendant l'échange entre Tati et Alexandre, le chambreur est demeuré silencieux. Une fois tante et neveu attablés, monsieur Lombardi reste coi. Alex, assis à la gauche de l'homme, songe alors aux bonnes manières pour lesquelles on vient de le sermonner.

— Comment a été ton après-midi, chère Tati ? demande-t-il du ton le plus affable du monde.

Sa tante ne relève pas l'ironie, mais sourit à son neveu.

— Très bien, jeune homme. J'ai essayé une nouvelle recette qu'une amie, qui vit maintenant en Belgique, m'a envoyée. Il s'agit d'un gâteau à la pâte d'amandes et au miel. Je crois qu'il vous plaira, ajoute Tati en s'adressant directement à monsieur Lombardi.

— Votre cuisine est excellente. Probablement, la meilleure que j'ai goûtée. Vous me direz combien d'extra je vous dois…

— Ridicule. C'est moi qui ai insisté. Je vous offre ce souper. Si vous désirez prendre aussi vos autres repas, alors là, oui. Un petit extra par jour… Nous en discuterons à un autre moment.

Les coups d'œil qu'elle lance vers Alex sont plutôt éloquents : elle ne veut pas parler d'argent devant son neveu. Alex s'en offusque légèrement, surtout que sa tante est trop charitable. Elle ne demande probablement même pas assez pour la chambre et là, elle va offrir ses repas pour presque rien. Son père a raison : Tati aime tellement cuisiner qu'elle paierait les gens pour les recevoir.

Mais bon, ce n'est pas le temps de songer à cela. Alex doit plutôt profiter de cette occasion inespérée. Sur un ton aimable, il commence son interrogatoire.

— Et vous, monsieur Lombardi ? Avez-vous eu une bonne journée ?

— Oui. Merci.

— Est-ce long de vous rendre à votre travail ?

— Non.

Les réponses viennent rapidement, trop rapidement, sans hésitation. Le garçon se rappelle alors un conseil intéressant lu dans un roman policier. On ne doit pas poser des questions trop générales à un suspect, mais procéder à un interrogatoire précis pour obtenir des réponses plus compromettantes. Alex essaie à nouveau.

— Le train est bien pratique pour aller à Montréal. Vous prenez le train ?

— Hum…

Qu'est-ce que c'est que cette réponse ? Le chambreur feint d'avoir la bouche pleine. La viande de Tati fond littéralement dans la bouche, il n'a sûrement pas besoin de mâcher si longuement.

— Mes parents, qui sont professeurs, vont aussi en train à Montréal. Ils se rendent à l'université en moins d'une demi-heure. Vous, ça vous prend combien de temps ? insiste Alex en se disant qu'il va bien finir par le faire parler.

Cette fois, la réponse tarde à venir. L'individu termine d'abord son assiette pendant que Tati s'affaire au comptoir à découper de fines tranches de gâteau qu'elle nappe de crème anglaise.

— Une demi-heure aussi, déclare abruptement le chambreur en se levant. Je vous remercie pour ce copieux repas, madame, j'ai beaucoup apprécié…

— Mais vous n'avez pas pris de dessert…

— Je ne prends pas de dessert le soir. J'ai une digestion lente. Je vais de ce pas faire une bonne marche pour l'activer. Bonsoir, je ne rentrerai pas tard.

Visiblement déçue, Tati laisse échapper un faible « Bonsoir », puis vient se rasseoir à la table avec un bout de pain. L'air distrait, elle essuie la sauce du fond de son assiette avec le pain qu'elle mange ensuite à petites bouchées. Elle a oublié les plats à dessert sur le comptoir. Alex ramasse son verre et son assiette qu'il va déposer dans l'évier; au passage, il se prend une portion, celle avec la plus généreuse ration de crème anglaise.

— C'est très bon, Tati, commente Alex à sa tante toujours pensive.

Pour toute réponse, Tati lui sourit, puis se lève et commence à ranger la cuisine. «Étrange», songe Alex. Sa tante est normalement si volubile. «Pourquoi ce silence, ce soir? De quoi discutaient-ils avant mon arrivée?» se demande le garçon.

Quoi qu'il en soit, Alexandre a obtenu ce qu'il voulait: la preuve que monsieur Lombardi est un fieffé menteur. Il ne se rend pas du tout en train à Montréal comme il le prétend!

Le chambreur cache quelque chose, c'est certain, mais quoi? Qu'est-ce que cet homme fait toute la journée dans cette vieille maison? Ce n'est pas ce soir qu'Alexandre pourra le découvrir. Cette marche est probablement une excuse pour se rendre de nouveau au 13, terrasse des Bouleaux. L'endroit est déjà assez lugubre le jour, pas question d'y aller une fois la pénombre venue. De toute façon, Nathanaël doit rester chez lui, car il reçoit ses cousines.

Dans la soirée, les deux amis conversent longuement au téléphone. Alexandre raconte son interrogatoire déguisé et les résultats obtenus.

— Il ne voulait rien dire, c'était assez évident. Mais je ne lui ai pas laissé le choix.

— Ta tante te permettait de le questionner?

— Ah, mais j'avais l'air d'être tout simplement poli et intéressé. Tati ne s'est doutée de rien. Et puis, on a maintenant la preuve qu'il se cache dans cette maison, qu'il ment à ma tante.

— Tu devrais la prévenir, conseille Nathanaël.

Mais le jeune Sherlock n'y songe pas un instant. Il est trop tôt pour en parler. Et puis, il n'a pas oublié son pari avec Nicolas: vingt dollars pour la solution du mystère! Il en a besoin, d'autant plus qu'il a déjà dépensé une partie de son argent de poche. « Le chambreur ignore qu'on le soupçonne, on n'a donc rien à craindre », tente de se convaincre le garçon.

La conversation dévie ensuite sur les dessins que Nathanaël s'amuse à griffonner. Il a tracé le portrait de sa plus jeune cousine métamorphosée en jolie diablesse. Les fillettes qui ont envahi sa demeure sont de véritables petites démones. Dans sa chambre, il est enfin à l'abri de leurs sottises et pitreries. Il a également dessiné la vieille maison près de la gare entourée de méchantes plantes carnivores happant les chevilles des passants. Amusé, Alex lui demande de conserver les croquis. Il sait malheureusement que son ami n'en fera rien. Aussitôt griffonné, aussitôt froissé et jeté.

Alex est tout juste parvenu à mettre la main sur une poignée de dessins, utilisant force ou ruse à chaque occasion. Bizarrement, Nath s'avère très fier de ses créations au moment où il les trace, mais quelques minutes plus tard, une métamorphose s'opère et l'étalage de ses productions le gêne, alors il s'en débarrasse promptement.

Peu avant vingt-deux heures, après quelques tentatives de blagues plus ou moins réussies, Alex salue son copain. Ils se verront au cours de natation le lendemain matin.

11

Qui veut la fin veut les moyens

— Woh, recommence ça !

— C'est simple. Tu mets de la gommette à plusieurs endroits sur le rebord du cadre de porte, là où celle-ci s'appuie. De la gommette blanche pour qu'on ne la voie pas. Ensuite, du papier collant sur la clenche. Et le tour est joué ! répète Nicolas avec fierté.

Assis dans le vestiaire après un cours de natation aussi éreintant qu'à l'habitude, Alexandre et Nathanaël écoutent avidement les conseils de Nicolas qui, pour une fois, ne s'est pas sauvé dès la fin de la période.

Avant de se rendre à la piscine, Alexandre avait de nouveau filé le chambreur — les trente pompes imposées par le moniteur pour son deuxième retard en deux jours valaient bien la confirmation que l'homme était encore tapi dans cette étrange maison.

Informé de l'avancement de leur enquête et de leur désir d'explorer la chambre de monsieur Lombardi, l'adolescent leur avait généreusement proposé cette trouvaille pas bête du tout pour empêcher quelqu'un de verrouiller sa porte.

— Pourquoi pas juste du papier collant sur la clenche pour qu'elle ne s'actionne pas? demande Nath.

— Parce que c'est trop évident, la porte ne restera pas fermée et la personne s'en rendra compte, répond Nicolas avec un air exaspéré. La gommette sert à garder la porte bien appuyée. Vous pigez?

— Ouais. Pas pire, commente le rouquin. Sauf qu'il faut que je trouve un moment où il n'est pas dans sa chambre et où il n'a pas verrouillé pour installer ta brillante idée. Pas évident!

— Il doit bien aller à la toilette sans barrer sa porte…

— Oui, c'est vrai, admet Alex d'un air songeur. Tati a toujours ses cours de peinture de neuf heures à onze heures les mardis et les jeudis, elle part assez tôt le matin. Ça serait peut-être faisable… Je risque de faire beaucoup de pompes si j'arrive encore en retard cette semaine, mais ça vaut le coup.

— Ce n'est pas surtout la vieille maison que tu voulais visiter? demande Nathanaël.

Nicolas, qui semble redevenu aussi pressé qu'à l'habitude, ramasse sa serviette et ses chaussures.

— De toute façon, t'as pas les couilles pour résoudre ce mystère. Je vais aller me réserver quelques jeux au club vidéo. Ils en ont mis des nouveaux en liquidation.

Tu me donnes mes vingt dollars vendredi soir, sans faute.

— C'est toi qui vas me donner l'argent. Vendredi midi, j'aurai tout résolu. Prépare ton argent, Nick! crie Alex à l'adolescent déjà sorti du vestiaire.

Les garçons finissent d'enfiler leurs t-shirts.

— Où est-ce qu'il prend toutes ces idées? demande Nathanaël.

— Quelles idées?

— Ben, comme son truc de gommette.

Alex hausse les épaules.

«Qu'importe d'où ça vient! Ça vaut la peine de l'essayer», songe-t-il.

Mais avant de s'attaquer à la chambre, il préfère aller voir ce qu'il y a dans la vieille maison. Une simple petite visite en l'absence de monsieur Lombardi et le mystère serait peut-être résolu.

— Et si nous commencions par la cabane?

— Quoi? Tu connais un moyen de le faire déguerpir?

— Non, rétorque tranquillement Alex qui échafaude un plan tout en quittant le vestiaire. Hum! On sait qu'hier il a passé la journée là-bas. Qu'il a soupé chez Tati et qu'il y est probablement allé de nouveau en soirée.

— Ouais. Et puis?

Tout en discutant, les deux garçons enfourchent leurs vélos. Nathanaël propose de retourner chez lui, car il veut montrer à son ami le nouveau riff de guitare que son oncle lui a appris la veille. Alex, absorbé dans la préparation de son projet de visite à la cabane, accepte distraitement. Une fois en route, il croit bien avoir trouvé…

— Le seul moment où on pourrait inspecter la maison, c'est quand monsieur Lombardi est chez Tati. S'il soupe chez ma tante ce soir – Tati pourra sûrement me le dire –, on aura le champ libre.

— Pendant qu'il soupe, je soupe moi aussi.

— T'as juste à dire à ta grand-mère que tu manges chez moi.

— Ouais, c'est super bon chez ta tante. Et elle m'a dit de revenir quand je voulais, s'enthousiasme Nath avec un large sourire.

Alex secoue la tête avec un peu d'exaspération dans le regard.

— Non, Nath! On ne mangera pas chez Tati puis-qu'on veut être à la cabane. En fait, moi aussi, je devrai faire croire que je bouffe chez toi.

— Donc on ne soupera pas, conclut Nathanaël avec une moue déçue.

— Non, soupire Alex, mais ça en vaut la peine. Puis, t'es trop gourmand!

— Regarde celui qui parle. «Miam! Miam! J'en prendrais encore, Tati!»

Disposé à s'imposer l'énorme sacrifice de sauter un repas pour résoudre le mystère du chambreur, Alex propose de faire suivre leur enquête à la vieille maison par une visite au Délice Sainte-Do, le bar laitier du quartier. La réjouissante perspective d'une affriolante banane royale finit de les convaincre de se priver de souper.

Arrivés chez Nathanaël, les garçons s'attardent devant la maison, à l'abri des oreilles indiscrètes, afin de planifier leur expédition de fin d'après-midi. À l'heure du lunch, Alex devra d'abord s'assurer que le chambreur est bel et bien attendu pour le souper chez Tati. Ensuite, vers seize heures, les apprentis espions iront se poster dans le bosquet en face de la vieille cabane, celui qui les avait abrités la veille. Ils n'iront pas en vélo cette fois-ci. À pied, les garçons seront plus discrets.

— Lorsque monsieur Lombardi sera parti souper chez Tati, on pourra s'approcher de la propriété pour l'inspecter. On trouvera bien le moyen de jeter un coup d'œil à l'intérieur par les fenêtres. Je ne serais pas étonné qu'on puisse même y pénétrer d'une manière ou d'une autre tellement l'endroit semble abandonné. De toute façon, on verra sur place. Crois-tu qu'on a pensé à tout, Nath ?

— Toi, tu penses. Moi, j'agis. Qui est allé sonner ? Qui a été brave ?

— D'accord, *mister* Bourne.

L'avant-midi file à toute allure. Pendant que Nathanaël joue de la guitare, Alex essaie tant bien que mal de l'accompagner de quelques coups de cymbale. Il s'est installé à la batterie de Sarina, la jeune sœur de son copain. Il s'agit d'un modèle junior qui le fait paraître aussi grand qu'un géant. Son ami a beaucoup progressé depuis qu'il suit des cours de musique. Nathanaël a un côté artistique très développé, mais ne semble pas en tirer une grande fierté. Pourtant, Alex envie son ami d'être si habile.

De retour chez sa tante pour le repas du midi, le neveu plaque un baiser sonore sur sa joue. Elle l'accueille joyeusement en lui offrant de humer sa réconfortante crème de tomate. Aux délicieux arômes qui envahissent la cuisine, Alex devine que la soupe sera accompagnée des célèbres «*grilled cheese* à la Tati», c'est-à-dire des sandwichs au fromage grillés agrémentés de trois tranches de bacon croustillant et d'un soupçon de sucre d'érable râpé.

— Je suis passée chez toi ce matin, Alex, annonce sa marraine après avoir dirigé son neveu vers l'évier.

— Ah oui! Pourquoi?

— Eh bien, mon voisin, monsieur Santerre, m'a appris qu'un nouveau vol a été commis à Sainte-Dominique, dans la rue du Versant cette fois, juste derrière. Cela devient réellement alarmant. Assure-toi d'être discret pour prendre la clef dissimulée dans la cour si tu reviens et que je ne suis pas là. Et ne pars jamais sans vérifier que toutes les portes sont bien verrouillées!

— Bien sûr, ne t'inquiète pas, Tati. Et chez moi, est-ce que…

— Tout était normal, aucun signe d'effraction. Il faut dire que votre système d'alarme, bien annoncé de surcroît, doit dissuader plus d'un voyou, commente sa tante en déposant le plateau de *grilled cheese* sur la table entre les bols de soupe fumante.

Les mains fraîchement lavées, Alex s'attable en racontant son cours de natation du matin et ses choix de courses pour la prochaine compétition qui aura lieu au début du mois d'août. Il a opté pour le 100 mètres libre, le 200 mètres libre, puis le 200 mètres brasse. Le 400 mètres libre était déjà complet.

— Est-ce que la compétition aura lieu ici à Sainte-Do ? s'informe Tati.

— Non. C'est une rencontre régionale. Elle se déroulera probablement au centre Claude-Robillard, à Montréal.

— Eh bien, j'irai t'encourager. Je veux te voir nager. Tu me rappelleras la date, ordonne-t-elle à son neveu.

Rassasié après un deuxième bol de crème de tomate, Alex prend un ton anodin pour soulever la question cruciale.

— Est-ce que monsieur Lombardi mangera ici ce soir ?

Les yeux brillants d'anticipation, Tati répond joyeusement.

— Oui ! Oui ! Je prépare des tartes à l'ananas cet après-midi. Il y en aura de surplus que je vais congeler.

Tu pourras en apporter quelques-unes chez toi à la fin de la semaine. Ton père en raffole.

Alex est doublement ravi : non seulement ils auront le champ libre pour leur inspection, mais il pourra également se régaler plus tard d'un succulent dessert. Satisfait, Alex penche sa tignasse rousse vers son sorbet aux fraises et annonce, la bouche pleine :

— Nathanaël m'a invité à souper chez lui. J'aimerais bien y aller.

— Pourquoi pas ! Cela me permettra de mieux connaître Albert… Je veux dire monsieur Lombardi ! Toi qui le trouvais bizarre ! Il est un peu farouche, mais fort sympathique.

La remarque de sa tante surprend Alex qui garde la tête inclinée vers sa glace, ne sachant comment réagir. Et puis, elle l'appelle par son prénom maintenant !

— Si tu le dis, répond son neveu avec précaution.

Il ne sert à rien d'alarmer sa tante pour l'instant.

Le repas terminé, Alex délaisse sa bicyclette. Il marche vers la demeure de son copain à un rythme de grand-père à la retraite. Rien n'est prévu pour ce début d'après-midi, sauf peut-être une baignade, car la journée est chaude et humide… et puis des jeux vidéo. On ne s'en sort pas avec Nathanaël.

Alexandre songe au party de vendredi, plus précisément au fait qu'il n'a toujours pas trouvé de cadeau pour

Laurianne. Il s'arrête au coin d'une rue pour compter l'argent qu'il lui reste dans son portefeuille. En calculant toute sa menue monnaie… hum, quinze dollars et quarante-cinq cents, moins la banane royale de ce soir, plus les vingt dollars qu'il récoltera de Nicolas. Ça lui laissera amplement d'argent pour un beau cadeau.

Mais que peut-on offrir à la plus jolie fille de Sainte-Do ? Il va devoir trouver une bonne idée au plus vite. Sauf qu'avec le mystère de la vieille maison à résoudre, il est plutôt occupé.

Plusieurs maisons avant celles de Nath, Alex perçoit les cris de joie de Sarina. Le grand frère l'amuse à son jeu préféré : le manège. Retenant solidement sa sœur par les deux bras, Nath tourne sur lui-même avec assez de vitesse pour que la petite fille se sente littéralement flotter dans les airs.

Il dépose doucement sa sœur au sol comme Alex remonte l'entrée de garage.

— Encore ! Encore !

— Ça suffit ! Tu vas être trop étourdie.

Docile, la fillette se laisse tomber par terre pour rouler sur elle-même jusqu'à la bordure de rue. Elle s'arrête à la toute fin de la pelouse, puis se relève et s'enfuit dans la maison avec un sourire béat.

— Elle est chouette, ta sœur !

— Ouais, mais parfois elle est une vraie tache.

Alex approuve de la tête, puis annonce à son ami que monsieur Lombardi est attendu pour le souper chez Tati.

— Tout est donc confirmé. On va pouvoir passer à l'action et enfin savoir ce qu'il trame là-bas.

Les garçons prévoient se rendre à la terrasse des Bouleaux dès seize heures et ainsi s'assurer d'assister au départ du chambreur. Nathanaël propose d'occuper l'après-midi avec de la baignade et de la lecture de bédés dans sa cour.

— Il fait trop beau pour s'enfermer en dedans. Mon oncle m'a offert les deux derniers albums de la série *XIII*[1]. Ils sont superbes.

— Allez, Nath, range ton jeu!

— Alex, t'es débile! Y peut pas nous entendre.

— Oui, mais moi, je l'entends ton bip, bip, bip, clic, clic, clic. Et ça m'agace! Je veux être concentré.

— Concentré sur quoi? Quand il sortira, on pourra y aller et essayer de rentrer. Rien de très compliqué, pas besoin d'y réfléchir, réplique Nathanaël sans même relever la tête de son jeu vidéo portatif.

Exaspéré, Alexandre inspire bruyamment. L'attente le rend anxieux. Et quand il se sent nerveux, il aime parler, ça le calme. Évidemment, Nath lui dirait de ne pas se gêner, qu'il l'écoute, même si Alex sait très bien

---

1. *XIII* est une bande dessinée belge de Jean Van Hamme. La série est un thriller se déroulant en Amérique sur le thème d'un amnésique pourchassé, en quête de son identité.

que c'est faux. Lorsque son ami est absorbé dans un jeu, aucun autre sujet ne l'intéresse.

Alexandre presse ses mains sur son ventre affamé. C'est sûrement psychologique, mais la simple idée qu'il devra se passer de souper lui creuse l'estomac. « Peut-être que Nath a faim aussi », songe Alex tout en s'abstenant de le lui demander. Ce serait donner des munitions à son ami si l'attente s'avérait plus longue que prévu.

Alexandre soupire au travers des bips-bips du jeu vidéo et du croassement d'une corneille. Cette dernière ressemble à celle de l'autre après-midi, quoique... Comment fait-on pour différencier deux oiseaux de la même espèce ? En tout cas, elle est tout aussi désagréable avec ses cris qui attirent l'attention.

Par chance, cette pénible et stressante attente est subitement interrompue peu de temps avant dix-sept heures.

— Ça y est, chuchote Alex à l'oreille de Nath qui, émergeant de son jeu, l'éteint sur-le-champ.

Silencieux et immobiles, les deux garçons observent monsieur Lombardi verrouiller la porte, descendre l'escalier et s'éloigner vers le bout de la rue sans jeter le moindre regard dans leur direction.

Une fois le chambreur hors de vue, Nathanaël se relève, mais Alexandre le retient par la manche.

— Attends ! Il pourrait toujours avoir oublié quelque chose et revenir.

— Oublier quoi ? Revenir pourquoi ?

Alex reste coi. Effectivement, monsieur Lombardi a quitté la vieille maison avec sa mallette à la main. Les deux apprentis espions demeurent tout de même tapis dans le bosquet quelques minutes supplémentaires. L'intrigant 13, terrasse des Bouleaux semble les narguer de l'autre côté de la rue pendant que le ciel s'assombrit momentanément.

— On y va !

Les garçons traversent la rue déserte d'un pas normal. Une fois sur le perron, Nathanaël monte la garde pendant qu'Alex, les mains formant un hublot autour de son visage, s'appuie à la vitre de la fenêtre jouxtant la porte d'entrée.

L'intérieur de la maison est obscur et le garçon n'y distingue initialement que bien peu de choses. Ses yeux s'habituant à la pénombre, il finit par remarquer que l'endroit est en fait complètement désert. Il n'y a aucun meuble, aucun objet dans l'entrée, ni dans la cuisine, ni dans la section du salon qu'il réussit à apercevoir. Il semble réellement s'agir d'une habitation abandonnée comme il le présupposait. Que peut bien y mijoter monsieur Lombardi ?

Alex délaisse l'étroite fenêtre pour se glisser derrière Nathanaël posté devant la grande baie vitrée du salon. Celle-ci est couverte d'un rideau opaque en deux pans ramenés serré au milieu.

— C'est ici que j'ai aperçu monsieur Lombardi lors de l'opération « sonne-décrisse ».

À l'extrémité droite, une section est dénudée. Par la mince ouverture, ils contemplent la pièce qui est totalement déserte!

La curiosité d'Alexandre augmente de minute en minute. Il agrippe le t-shirt de Nathanaël et l'entraîne en bas du perron. Les deux garçons traversent le stationnement privé fait d'asphalte craquelé envahi par les mauvaises herbes, puis disparaissent sur le côté de la maison.

Le sentier piétonnier est totalement invisible. Du gazon et de gros buissons s'approprient les lieux. Les garçons cheminent péniblement vers la cour. Celle-ci, réduite à sa plus simple expression avec ses trois mètres de profondeur, est encombrée de bouts de bois et de métal.

À l'arrière, les garçons sont encerclés par une haute haie formée de divers arbustes matures se rejoignant densément. Les branches de lilas fanés s'entremêlent aux spirées et à d'autres plants envahissants. «Que dirait mon père d'un tel endroit? Lui qui est si méticuleux», se dit Alexandre.

Bien camouflés, les détectives amateurs se détendent peu à peu.

— Qu'est-ce que t'as vu par la porte? s'enquiert Nathanaël en se faufilant entre de longs tuyaux.

— Je n'ai rien vu parce qu'il n'y a rien. Pas un meuble. Tout semble vide. C'est vraiment intrigant.

Le balcon arrière contigu à la porte-fenêtre de la cuisine n'est plus qu'un amas de planches de bois partiellement effondrées. Alexandre cherche une façon d'y grimper dans l'espoir d'inspecter cette pièce.

— Merde! Je vais juste me péter les genoux, lâche Alex après deux tentatives infructueuses. Le balcon grince et menace de s'écrouler à tout moment.

Curieux et entêté, Alex est prêt à beaucoup pour résoudre le mystère du chambreur, mais pas à risquer de se blesser. Cela compromettrait ses chances de gagner une médaille à la prochaine compétition de natation. L'an dernier, il a remporté l'argent au 100 mètres et le bronze au 400 mètres. Cette année, pas question de revenir sans l'or… Alex s'exerce même à de l'imagerie mentale, une technique de visualisation, pour sa future compétition, et ce, tous les soirs avant de se coucher. Étape par étape: prise de position sur le bloc de départ; orteils collés et contractés; jambes fléchies, souples, prêtes à bondir; l'explosion du fusil et la détente de son corps admirablement synchronisées; sa ligne parfaite au-dessus de l'eau; son entrée impeccable, sans éclaboussures; ses bras, ses jambes battant à l'unisson… Bref, il y met tant de préparation qu'il ne va pas gaspiller tout ça pour vingt malheureux dollars. «Même pour la belle Laurianne», songe-t-il avec une grimace de regret tout en reculant de l'amas de bois.

Il inspecte les environs à la recherche d'un autre accès et remarque que son ami n'est plus là.

— Nath! Nath! Où es-tu?

Le garçon réapparaît subitement.

— Alex ! Je crois bien avoir trouvé l'entrée secrète.

Plein d'espoir, l'athlète prudent s'élance derrière son ami qui s'est de nouveau éclipsé de l'autre côté de la maison.

Cette dernière section inexplorée du terrain est tout aussi sauvage que les autres. Il y retrouve Nathanaël planté bien droit, les bras croisés et fier comme un paon. Interloqué, Alex demeure immobile sans comprendre.

— T'es sûrement pas *game* de passer par là !

Alex allait dire « Où ça ? » quand ses yeux repèrent le petit soupirail crasseux. La vitre est cassée en plusieurs morceaux qui ont presque tous été retirés, laissant un trou béant juste assez grand pour s'y introduire. Du pied, il pousse une planche de bois traînant au bas de la fenêtre.

— Nath, va vérifier qu'il n'y a personne à l'avant.

Pendant l'absence de son ami, le rouquin inspecte attentivement le tour de la fenêtre à la recherche de bouts coupants. Délicatement, il retire un gros fragment de vitre et quelques petits. Lorsque Nathanaël est de retour, Alex, persuadé que l'ouverture ne comporte plus de danger, s'y glisse les jambes sans plus attendre.

— Woh ! Tu… heu… t'es sûr de ce que tu fais ? bredouille son ami.

— Ben oui… Qu'est-ce que tu crois ? s'exclame le plus téméraire en s'immobilisant. C'est sérieux, Nath ! Il faut savoir ce que monsieur Lombardi trame dans cette cabane. Il s'agit de sécurité. Cet étranger vit chez ma tante ! Dois-je te le rappeler ?

Alex se tourne sur le ventre et continue à s'introduire péniblement dans la cave.

— Est-ce qu'on a le droit ?

— D'entrer ? Ben, c'était ouvert, après tout. Et puis, on ne touchera à rien. Il ne saura pas qu'on est venus. À ton tour !

Après une dernière hésitation, son ami s'accroupit avec un soupir de résignation. Avantagé par quelques précieux centimètres et une taille plus fine, Nathanaël se faufile rapidement à l'intérieur.

12

Une culture nauséabonde

La cave est obscure et humide. La seule ouverture y amenant un peu de soleil et de chaleur est la petite fenêtre leur ayant servi d'entrée.

Les garçons avancent prudemment. Des débris de toute sorte jonchent le sol, comme si on avait pris cet endroit pour un dépotoir. Agacé par cette cave anonyme et pressé d'explorer le rez-de-chaussée, Alexandre rejoint l'escalier au plus vite. Nathanaël, muet comme une carpe, le rattrape, et les deux garçons se mettent à gravir l'escalier quand un croassement trop familier les arrête.

Alex aperçoit l'ennuyant volatile sur le rebord de la fenêtre brisée.

— Pas vrai! C'est cette foutue corneille!

— Faut pas qu'elle entre ici, Alex.

— Krroa! Krroa! Krroa!

—Je sais. Vite! Va lui faire peur pendant que je trouve quelque chose pour bloquer le trou.

Nathanaël s'élance vers la fenêtre, mais dans son empressement, il trébuche sur un tuyau de PVC. Étendu face contre terre dans des débris douteux, le garçon sent la brise d'un vol plané lui rafraîchir la nuque.

—Ah, non!

—Krroa! Krroa! Krroa!

Pendant de longues minutes, les deux garçons s'évertuent à repousser l'oiseau vers la fenêtre, mais sans succès. La corneille semble même se moquer d'eux en s'immobilisant souvent par terre, attendant toujours au dernier moment pour s'envoler abruptement d'un puissant coup d'aile.

—On n'y arrivera pas comme ça, remarque Alex, essoufflé.

—Mais il le faut, elle ne doit pas demeurer ici.

—Laissons-la! On n'est pas venus ici pour chasser le poulet. On s'en occupera après, décrète Alex. Après tout, ce n'est pas la fin du monde : elle aurait bien pu entrer toute seule. Elle vient peut-être souvent.

Nathanaël affiche une moue incrédule, mais ne répond rien.

—Allons inspecter le haut, insiste Alex. Tant pis pour cette foutue corneille.

Les deux garçons retournent à l'escalier pendant que l'oiseau noir à l'œil intelligent explore la cave en sautillant.

Une fois la main d'Alexandre sur la poignée de porte, Nathanaël le retient par le chandail.

— Et s'il y avait un détecteur de mouvement branché sur un système d'alarme ?

Alex regarde au ciel en lâchant un soupir bruyant. Son ami qui était si pressé un peu plus tôt semble être devenu le plus grand pleutre. *Mister* Bourne s'est évanoui.

— Franchement, Nath ! Un système d'alarme ici ! Allons-y !

Aussitôt la porte ouverte, une émanation aigre les accueille.

— Pouah ! fait le neveu de Tati en s'éventant de la main.

Nathanaël s'empresse de refermer derrière lui : pas question de laisser la corneille s'introduire à l'étage. Car là, ils seraient réellement dans le pétrin.

L'endroit est silencieux, impressionnant. Le grand brun s'avance jusqu'au salon tandis que le rouquin se dirige vers la cuisine.

— C'est le même exécrable parfum qu'exhalait ton chambreur, l'autre soir chez Tati.

La voix de Nathanaël rejoint Alexandre qui s'affaire déjà à inspecter toutes les armoires. Lui aussi a remarqué la similitude et il s'efforce de ne respirer que par la bouche. C'est plus supportable ainsi.

Les armoires sont vides. Les comptoirs sont crasseux. Les quelques verres au fond de l'évier sont le seul signe qu'un être humain passe du temps dans cette maison. Il n'y a même pas de cuisinière, seulement l'empreinte collante de son dernier représentant. Un réfrigérateur trône cependant sur le mur opposé près d'une porte menant vers une petite toilette où un rouleau de papier hygiénique et quelques serviettes trahissent également la présence du chambreur.

— Ça pue vraiment! On devrait ouvrir une fenêtre, propose Nathanaël venu rejoindre Alex dans la cuisine.

Alex s'y oppose catégoriquement. L'odeur n'est pas si insupportable, et puis il vaut mieux ne toucher qu'au minimum de choses. La main sur la poignée du vieux réfrigérateur, Alexandre l'ouvre pendant que son ami s'éloigne en se pinçant le nez.

Alexandre s'attendait à trouver un frigo vide comme le reste de la maison jusqu'à présent, mais celui-ci recèle plutôt un assortiment de pots de différents formats renfermant tous le même liquide d'un vert clair un peu doré.

— Viens voir ça! crie-t-il à son copain qui s'est aventuré plus loin.

— Oh non, Alex! s'exclame Nathanaël sur un ton victorieux. Toi, viens voir. J'ai découvert la clef du mystère.

Singulièrement intrigué, Alex s'élance dans le corridor où son ami s'est éclipsé. Il s'engouffre dans la première chambre dont la porte est ouverte.

La stupeur d'Alex à la vue de l'étrange pièce n'a d'égale que la fierté qu'exprime la figure de Nathanaël. Le garçon déclare, avec une courbette théâtrale :

— Voilà! Ton chambreur fait pousser du pot. C'est ça, son secret.

— Du pot!

— Ouais. Du pot ou de la marijuana, je pense que c'est pareil.

Le regard d'Alex parcourt la chambre plutôt menue de droite à gauche et de gauche à droite. Des plantes, des plantes, partout des plantes… Toutes de la même espèce. Des pots enlignés couvrent tout l'espace sauf pour une étroite allée au centre. Un système de tuyauterie traverse également le plancher en long et en large, formant un grillage autour des plants. Le plafond présente une multitude de néons suspendus.

Alex reste coi pendant que Nath s'avance nonchalamment dans l'étroite allée. Les tiges principales mesurent environ soixante-dix centimètres de hauteur. Les feuilles sont longues et ovales. Quelques plants portent des fleurs blanches. Nath s'arrête un instant et se penche pour humer les végétaux.

— Pouah!

— T'es certain que c'est du pot?

Nathanaël hausse les épaules.

— Qu'est-ce que tu veux que ce soit d'autre?

Au tour d'Alex de hausser les épaules.

— Mais pourquoi venir ici tous les jours? Il regarde pousser ses plants de pot toute la journée? demande Alex.

— Je ne sais pas, moi. Allons voir dans l'autre chambre.

La porte voisine s'ouvre sur une décevante salle de bain encrassée et visiblement non utilisée. Il ne reste plus qu'une porte fermée tout au fond du corridor.

—Probablement d'autres plants de pot, tente de deviner Nathanaël comme Alexandre tourne la poignée.

Si la pièce remplie de plantes les avait beaucoup surpris, cette dernière pièce un peu plus grande que la première les laisse pétrifiés d'étonnement. Bouche béante, yeux écarquillés, pupilles dilatées, les garçons demeurent immobiles.

Comme pressenti par Nathanaël, l'endroit renferme les mêmes plantes que la première chambre. Quoiqu'il n'y ait cette fois que quelques pots sur une table, ceux-ci paraissant bien anodins au beau milieu de l'espace bourré d'équipement étrange.

Alex est le premier à oser avancer.

—C'est un laboratoire, Nath, murmure-t-il en progressant doucement entre les tables. Fais attention !

Rien à craindre avec Nathanaël qui a décidé de demeurer à l'entrée.

—Ton bonhomme, dis, il est vraiment bizarre. On est mieux de s'en aller.

La pièce compte quatre tables de métal. La plus grande, au centre, est occupée par un vaste ensemble de béchers, d'éprouvettes, de bocaux remplis de poudre… Derrière, adossées le long du mur, deux autres tables plus petites logent des équipements sophistiqués. Sur celle de gauche, quelques plantes entourent un microscope, un puissant appareil comme ils en ont vu lors de la visite du laboratoire à l'école secondaire Saint-Paul. Sur celle de droite, un gros objet, qui ressemble à la mijoteuse de sa mère, est posé à l'extrémité du meuble. Le couvercle est soulevé et l'intérieur contient plusieurs tuyaux vides. À côté de cet engin, il reconnaît un réchaud au gaz.

La dernière surface près de la fenêtre est encombrée de papiers et de livres. La fine écriture sur les feuilles est complètement illisible pour Alexandre. Les livres, de grosses encyclopédies, principalement en anglais, portent des titres complexes dont les détails échappent à un garçon de douze ans. Il comprend tout de même qu'il s'agit de bouquins de chimie et de botanique. De toute façon, avec tout l'attirail présent dans la pièce, il est évident que celle-ci sert de laboratoire à monsieur Lombardi.

— Qu'est-ce qu'il a déjà comme emploi, ton vieux?

— Il travaille en environnement chez Hydro-Québec.

— Ouais, l'environnement, les plantes, c'est relié.

Alex, qui a terminé son inspection de l'endroit, rejoint Nath dans le corridor. Il se souvient alors de sa découverte dans le réfrigérateur et y dirige son ami.

Une bonne douzaine de bocaux au liquide vert doré y dorment paisiblement. Alex en agrippe un par le goulot. Lentement, il fait osciller le fond du contenant dans un mouvement de rotation.

— On dirait de la bière avec des algues.

— En fin de compte, je ne suis pas certain qu'il fait pousser du pot, commente Nathanaël, nerveusement. On dirait plutôt un savant fou ou un docteur Jekyll. On devrait foutre le camp au plus vite.

Empoignant le récipient de sa main gauche et le couvercle de sa droite, Alexandre essaie de le dévisser. Nathanaël s'élance pour tenter de le lui enlever. Un peu plus et le bocal se fracasse au sol.

— Es-tu fou ? Tu ne vas pas l'ouvrir !

— Pourquoi pas ? réplique le rouquin en repoussant son ami. Je n'ai pas l'intention d'en boire.

— Si c'est un liquide empoisonné, même les vapeurs sont toxiques.

— T'exagères !

Néanmoins, il remet doucement le récipient dans le réfrigérateur en prenant soin de le replacer au bon endroit.

— Peut-être que ça se vend, de la bière de pot, sur le marché noir ?

Pour toute réponse, Nathanaël réitère son désir de déguerpir au plus vite. Songeur, Alex retourne plutôt jeter un coup d'œil au laboratoire. Son ami le suit à contrecœur.

— Tu viens ? Ça fait déjà longtemps qu'on traîne ici.

— Relaxe-toi, Nath ! Monsieur Lombardi est sans doute confortablement attablé. Tu connais les repas de ma tante… Il ne risque pas de revenir tout de suite.

Alex regagne maintenant la pièce quadrillée de plantes.

— C'est dommage, commente le garçon bien campé au milieu de la miniplantation. J'aurais aimé être certain que c'est illégal. Là, on sait seulement qu'il fait des choses bizarres.

— Viens, Alex! On regardera sur Internet pour les plants de pot. Il y a sûrement des images.

Alexandre accueille la proposition d'un large sourire.

— T'as raison.

Nathanaël se dirige aussitôt vers la porte du sous-sol. Au lieu de lui emboîter le pas, Alex l'agrippe plutôt par le chandail et le tire vers les plantes.

— Ça nous aiderait d'avoir un dessin. Si ce n'est pas du pot, on pourrait peut-être découvrir que c'est une autre plante illégale.

— Je n'ai pas apporté de crayon. On s'en va.

— Menteur! T'as toujours ton calepin et des bouts de crayon dans tes poches. Allez, Nath, ça va te prendre juste une minute.

Avec une grimace affichant toute sa frustration, Nathanaël retire le nécessaire de son jean et s'agenouille auprès du premier plant. Il griffonne à toute vitesse.

— Mets des détails, Nath! Dessine aussi la fleur. Elle est blanche, mais le centre est rouge.

— Ferme-la! réplique son ami qui semble être réellement devenu de mauvaise humeur.

Quelques instants plus tard, Nathanaël s'est relevé en glissant calepin et crayon au fond de sa poche.

N'osant pas demander à son ami de voir le croquis, Alexandre se dirige plutôt vers la porte du sous-sol.

La main sur la poignée, il se souvient alors de la corneille. Il se retourne vers son ami.

— Attention pour ne pas laisser…

Alex s'interrompt; Nath a encore disparu. Il rebrousse chemin et aperçoit celui-ci au fond du couloir en train de refermer les portes. Heureusement que son ami y a pensé.

— S'il s'aperçoit qu'on est venus, je ne donne pas cher de notre peau.

Les garçons reviennent sur leurs pas pour s'assurer que rien n'a bougé dans la maison avant de redescendre à la cave.

— Attention à la corneille!

En faisant aussi vite que possible, les deux amis se faufilent jusqu'au sous-sol.

En bas, le silence règne. Aucune trace de l'oiseau.

— Mais comment va-t-on réussir à sortir d'ici? soupire Alex.

Posté devant la fenêtre brisée, le rouquin arbore un air quelque peu inquiet. Lorsque Nathanaël arrive à ses côtés, ils s'aperçoivent que ses quelques centimètres de plus font toute la différence. Les mains solidement agrippées au rebord de la fenêtre, le garçon parvient aisément à remonter son torse par l'ouverture. Mais au lieu de ressortir immédiatement, Nathanaël se laisse redescendre au sol.

— Passe en premier! Je te fais la courte échelle, propose-t-il à Alexandre qui ne se le fait pas dire deux fois.

Quelques instants plus tard, c'est Alexandre qui donne un coup de main à son comparse pour l'aider à se sortir du petit orifice. Une fois debout, les deux garçons secouent la poussière de leurs vêtements. Alex affiche un large sourire.

— Vite, déguerpissons! lance-t-il en se dirigeant vers l'avant de la maison.

— C'est bloqué de ce côté, il faut retourner par l'arrière.

Alex repasse devant Nathanaël toujours immobile en face de la fenêtre. Il a le temps d'atteindre l'autre côté de la maison avant que son ami ne réapparaisse derrière lui. Alex est trop absorbé par les mille questions qu'ont suscitées leurs découvertes pour remarquer que son ami traîne de la patte.

Quelle est cette étrange plante? Est-ce que monsieur Lombardi fait pousser du pot dans cette vieille cabane? Mais alors, à quoi lui sert ce laboratoire? Est-ce que le chambreur de sa tante est réellement un trafiquant de drogue?

— Mission accomplie! s'exclame Nathanaël qui a déjà retrouvé sa bonne humeur. J'ai une faim de loup. Direction: bar laitier!

13

Plante, plante ! Dis-moi ton nom !

Les garçons sont attablés devant deux énormes bananes royales au fond du commerce, bien en retrait du comptoir de service et des nombreux clients qui y forment une file grouillante. Par ce beau début de soirée encore ensoleillé, ils sont les seuls à opter pour une place à l'intérieur. L'emplacement leur offre une intimité appréciée.

— Supposons que tantôt, chez moi, on ait la certitude que c'est… du pot, propose Nathanaël en chuchotant le dernier mot.

— Si c'est sûr à cent pour cent… alors, j'avertis Tati dès ce soir. Elle s'occupera de joindre la police.

— Et si ce n'en est pas… Est-ce que tu en parles à ta tante ?

Cette fois, Alex tarde à répondre. Ses traits affichent de façon presque comique sa totale ignorance. Le garçon prend deux grosses cuillerées de crème glacée avant de parler.

— Je ne me vois vraiment pas annoncer à ma tante que je suis allé fouiller une maison près de la gare où monsieur Lombardi se terre tous les jours. J'aurais beau lui dire qu'il y abrite un étrange laboratoire où il prépare un liquide à base de plantes bizarres, je devine qu'elle sera très fâchée.

— Je suis d'accord avec toi. Vaudrait mieux ne rien dire, approuve Nath en avalant son dernier morceau de banane tout dégoulinant de sauce au chocolat.

— Mais qu'est-ce qu'on fait ensuite ? Tati et moi continuons à dormir sous le même toit qu'un être étrange qui ment sur ses allées et venues et qui confectionne peut-être du poison. C'est dangereux !

— Tu peux venir dormir chez moi ?

— Et laisser Tati toute seule ? Pas question !

Nathanaël approuve dignement de la tête.

— Bof ! Attendons de voir ce que nous apprendront nos recherches sur Internet.

Les garçons ramassent leurs plats à dessert pour les enfoncer dans la poubelle. Ils se faufilent ensuite derrière les clients du comptoir pour rejoindre la sortie.

— Alex ! Nath !

Une jolie jeune fille les interpelle de façon joviale. Reconnaissant la voix claire, Alex redresse la tête avec un sourire béat.

— Laurianne… Salut !

Alex n'a pas revu son ancienne compagne de classe depuis lundi, lors du cours de sauvetage. «Elle est toujours aussi belle», songe-t-il. Ses cheveux, secs cette fois, sont attachés, ce qui dégage sa délicate figure et ses grands yeux noisette légèrement bridés. Elle dévisage amicalement Alex qui ne peut que rougir devant autant d'insistance.

— Vous n'oubliez pas mon party, vendredi. Vous pouvez arriver vers quatorze heures. Et puis, emportez vos maillots et vos serviettes.

Obnubilé par Laurianne, Alex n'a pas remarqué les autres jeunes filles qui l'accompagnent. Il les salue distraitement tout en rassurant l'élue de son cœur.

— Je serai chez toi à l'heure. J'ai vraiment hâte à ta fête, ajoute-t-il, toujours empourpré.

Quelques rires étouffés derrière la jeune fille le poussent à rejoindre Nath qui a déjà gagné la sortie du bar laitier.

Le retour se fait au pas de course ; les garçons sont impatients de s'installer à l'ordinateur de Nathanaël derrière la porte fermée de sa chambre.

Alexandre lâche un bruyant soupir qui traduit bien toute sa déception.

Les recherches se sont avérées plus ardues que prévu, surtout que le vrai nom du pot est «cannabis» ou «chanvre». Néanmoins, aucun doute ne subsiste :

les plantes trouvées chez monsieur Lombardi ne sont pas du cannabis. Les garçons ont eu beau fouiller toutes les sous-espèces, les plants vus l'après-midi étaient très différents de ces tiges au feuillage étoilé.

— *Nous voici revenus à la case départ...*, soupire Alex en reprenant la tirade favorite de monsieur Dumont, leur enseignant de sixième année.

— *... mais vous êtes désormais beaucoup plus intelligents!* complète Nathanaël d'une voix moqueuse. Nos parents seraient sûrement très fiers d'apprendre qu'on vient de se renseigner sur le pot.

— Chut! avertit Alex, car le ton de Nath n'est plus celui de la confidence.

Alex se lève de l'inconfortable chaise de bureau et se glisse sur le lit de son ami. Étendu sur le dos, il examine le croquis de la plante réalisé par Nathanaël. Celui-ci y a mis tous les détails nécessaires, évidemment. Sauf que ça leur prendrait comme un système de reconnaissance d'empreintes... S'il pouvait numériser ce dessin et démarrer un moteur de recherche pour retrouver la plante correspondante, comme on le fait pour les criminels dans les émissions policières, le spécimen retracé s'afficherait doucement avec sa fiche technique. Alex songe que ça n'existe probablement même pas, un tel système pour les plantes. Quoique ce serait rudement chouette! Il s'aperçoit avec une pointe d'orgueil que son idée est tout de même ingénieuse.

— Si c'était légal, ce qu'il complote, il ne s'en cacherait pas, fait remarquer Nathanaël.

— Ouais…

— Qu'est-ce que tu vas faire ?

— Je ne sais pas…

— Tu ne veux toujours pas coucher chez moi ?

Alex secoue la tête. Pas question de laisser Tati toute seule. De toute façon, il doit y retourner. C'est là que se trouve la clef du mystère… dans la chambre bleue que monsieur Lombardi a aussitôt insisté pour verrouiller.

— Il ne reste qu'un endroit qui nous donnerait toute…

— Laisse-moi deviner, interrompt Nathanaël. Tu veux entrer dans sa chambre. Je me demandais quand tu ramènerais le truc de Nicolas.

Nathanaël se dirige ensuite vers son pupitre et retire du premier tiroir un rouleau de ruban adhésif ainsi qu'un petit paquet recouvert de plastique. Il lance le tout sur le lit.

— Gommette, papier collant. Super ! s'exclame Alexandre. Je croyais que ça ne t'intéressait pas vraiment, le truc de Nicolas ?

Nathanaël retrousse un coin de lèvres en un sourire mi-coupable, mi-moqueur, puis s'assoit sur le lit, le visage redevenant tout à coup bien sérieux.

— Disons qu'elle est tout de même cool, cette enquête. Tu ne trouves pas ? Un peu comme dans *La Mission de Bourne*… les fusils en moins. De toute façon, je pense que tu fais bien de protéger ta tante. Avec ton père parti…

Alexandre se relève brusquement.

— Aïe! Mes parents! Je dois absolument les appeler ce soir. Ils s'inquiètent de ne pas m'avoir parlé ces derniers jours.

— Alors, téléphone-leur! répond Nath en pointant le téléphone sur sa table de chevet.

Comme il s'agit d'un appel interurbain, le garçon promet d'être bref et de rembourser son ami. La communication dure quelques minutes. Alex, prudent, ne dévoile rien des étranges événements survenus chez Tati. À quoi cela servirait-il de les alarmer? Ce n'est pas comme s'ils pouvaient intervenir à partir de Washington.

Lorsqu'Alexandre raccroche, Nathanaël qui s'était mis à griffonner dans son calepin le range aussitôt dans ses poches.

— On y va?

Alex regarde l'heure. Il est déjà dix-neuf heures trente.

— Où veux-tu aller?

— Alex, je n'ai pas piqué cet attirail dans la réserve de mon père pour niaiser. Il faut l'essayer au plus vite.

— Ce soir? On ne peut pas, ce soir. Soit que monsieur Lombardi sera enfermé dans sa chambre, soit qu'il sera reparti à la cabane en prenant bien soin de verrouiller sa porte.

Nath demeure silencieux. Il n'avait visiblement pas réfléchi à cela.

— Je pense que c'est plutôt le matin que ça pourrait marcher, continue Alexandre. J'ai remarqué qu'il ne verrouille pas la porte lorsqu'il va se raser.

— Demain matin, alors ? Est-ce que Tati accepterait que je dorme chez elle ?

Alexandre se redresse et lance un regard d'étonnement à son copain.

— Tu ferais ça ? Venir dormir chez Tati avec l'étrange Lombardi dans la chambre d'à côté ?

Nath hausse les épaules.

— Pourquoi pas ? On est partenaires.

— T'es vraiment cool. On se partagera les vingt dollars, envoie Alex sans réfléchir.

Oups ! Le cadeau de Laurianne n'est toujours pas acheté et il s'amuse à partager son butin.

Quelques instants plus tard, tout est réglé. Pendant qu'Alex téléphone à Tati qui semble se réjouir d'avoir un invité supplémentaire, Nathanaël, lui, supplie sa mère de lui accorder la permission d'aller dormir chez madame Dupays. Il feint de vouloir rendre service à son ami, prétendant que celui-ci s'ennuie beaucoup en l'absence de ses parents. Évidemment, il n'y a rien de plus faux…

Nathanaël se laisse tomber paresseusement sur le lit de camp que Tati a installé dans la chambre jaune. Le lit gémit, mais résiste à l'assaut.

La soirée est encore jeune, mais les garçons ont décidé de rester à l'intérieur pour préparer leur mission du lendemain. Pour l'instant, Alexandre est allé à la pêche aux informations auprès de sa tante, laissant son ami se prélasser à l'étage.

Une douce brise entre par la fenêtre béante. Le chant des cigales chatouille les oreilles du garçon qui s'étire en songeant que la soirée sera tellement savoureuse. Tati a promis de leur confectionner une collation spéciale. Nath s'en pourlèche déjà les babines, tel un chat gourmand. Il s'étire de nouveau au moment où son ami revient au pas de course.

— Monsieur Lombardi doit être retourné à la cabane, chuchote Alexandre dès qu'il a refermé la porte de la chambre. Tati a dit qu'il était parti vers dix-neuf heures pour faire une promenade et qu'il rentrerait vers vingt et une heures. A-t-on déjà vu des gens se balader pendant deux heures ? Tati est trop naïve. Elle croit que tout le monde est honnête.

— Profitons de l'absence du chambreur pour mettre au point les détails de notre plan, propose Nathanaël. Est-ce qu'on fait des tours de garde cette nuit ?

Alex n'est pas très chaud à l'idée de demeurer éveillé. Sûrement que dans les films, c'est ce qu'ils feraient : monter la garde à tour de rôle. Mais dans la réalité, ce n'est pas vraiment commode. De plus, Alex doit bien l'admettre, il n'a aucune résistance. Il s'endort trop facilement. Il est incapable de franchir le cap des vingt-deux heures trente. Même lorsqu'il regarde un film d'action palpitant, il n'arrive jamais à l'écouter au complet s'il se termine tard. Le garçon fait la roche bien avant la fin. Alors, inutile pour lui d'envisager de demeurer éveillé pour épier les déplacements du chambreur.

— Je ne pense pas que ça en vaille la peine. Pourquoi changerait-il quelque chose à sa routine? On dormira la porte ouverte de façon à pouvoir entendre s'il se passe quelque chose en haut ou en bas.

— On peut aussi installer un dispositif d'alarme pour nous signaler s'il entre dans cette chambre.

— Quel genre de dispositif? s'informe Alex, intéressé, pendant que lui revient le souvenir dérangeant d'avoir été épié les nuits précédentes.

— C'est très simple. Je l'ai déjà fait pour empêcher ma petite sœur de venir me piquer des bonbons. Il faut attacher un bout de ficelle mince à la poignée de porte et l'autre bout à un objet pas trop pesant ni trop fragile qu'on dépose sur un meuble ou une chaise de l'autre côté de la porte. En entrant dans la pièce, la personne tire inévitablement sur la corde, ce qui jette le truc par terre.

— Je sais où il y a de la corde. Pense à un objet qu'on pourrait utiliser pendant que je vais en chercher.

La soirée des garçons s'écoule agréablement, sans incident. Les préparatifs de l'alarme achevés, ils récapitulent leur plan du matin suivant où l'idée de Nicolas sera mise à l'épreuve. Prévoyants, ils essaient ensuite de penser à d'éventuels problèmes.

— Supposons qu'il oublie son rasoir et qu'il revienne dans la chambre avant que j'aie terminé.

— Pas de problème, Alex. J'aurai simplement à le plaquer au niveau des jambes ; il culbutera par-dessus moi, ce qui te laissera le temps de fuir. Mes plaquages au foot sont drôlement efficaces. T'as vu, l'autre soir au parc, j'ai même réussi à renverser Nicolas.

— Sois sérieux, Nath ! Je m'inquiète réellement.

Son copain fait la moue.

— On attendra d'être certains qu'il se rase. Ça ne te prendra pas plus de deux minutes d'installation. Et s'il essaie de sortir, je me fous dans son chemin comme si j'avais une envie urgente et toi tu déguerpis.

— Ouais… Je ne suis pas sûr que ça suffirait. Bah ! Il faut se risquer. Au pire, je lui dirai que je cherche un chandail que j'ai laissé dans la pièce le mois passé, propose Alexandre.

— Un chandail ?

— Un chandail ou un livre ou des bobettes… Qu'importe !

Vers vingt et une heures quinze, l'obscur chimiste est de retour ; aussitôt monté à l'étage, il s'enferme dans sa chambre. Un léger murmure laisse supposer une conversation téléphonique, mais Alex et Nath délaissent rapidement l'idée d'espionner. Tati pourrait surgir et ce n'est pas un vigile près de l'escalier qui la prendrait au piège. Elle se douterait tout de suite qu'ils épient le chambreur. Mieux vaut patienter au lendemain matin pour démasquer cet étrange individu.

« Pourvu que le truc de Nicolas fonctionne », pense Alex au moment où Tati les interpelle joyeusement du rez-de-chaussée pour leur collation. Ils quittent la chambre en contournant leur piège.

Après avoir dégusté leurs savoureuses pêches caramélisées servies sur un sorbet aux framboises, les garçons se retirent dans leur chambre. La nuit n'est pas encore complètement tombée et Alexandre propose de faire, à tour de rôle, la lecture d'une légende médiévale. Les garçons s'identifient aux personnages et agrémentent le récit de mimiques expressives et exagérées. Bientôt les rires fusent tellement que Tati est obligée de venir les avertir de baisser le ton. Heureusement, elle reste sur le seuil et n'active pas leur signal sonore d'amateurs. Elle en profite pour leur souhaiter bonne nuit et exige que la lumière soit fermée au plus tard à vingt-deux heures. Les jeunes nageurs ne rouspètent pas, leurs performances au cours de natation dépendent toujours de leurs nuits de sommeil ; ils le savent trop bien.

Peu à peu, les rires s'estompent. Une pleine noirceur les enveloppe et bientôt la maisonnée entière respire au rythme des dormeurs. Malgré l'angoisse qu'il ressent à passer cette nuit sous le même toit qu'un étranger dissimulant des activités suspectes, Alex est le premier à tomber dans les bras de Morphée, bien vite imité par Nathanaël.

14

Une astuce de Nicolas

— Vas-y, chuchote Nathanaël dont l'oreille appuyée à la porte de la salle de bain lui rapporte le vrombissement régulier du rasoir.

Le garçon a l'intention de ne laisser sortir monsieur Lombardi sous aucun prétexte. Alex s'affaire déjà à installer les petites boulettes de gommette blanche sur l'encadrement de la porte.

Alexandre travaille rapidement. Les morceaux de gommette ont été préparés dès leur réveil et le garçon n'a maintenant plus qu'à les coller tous les trente centimètres. Il n'en reste plus que trois, deux… un. Voilà !

Maintenant, la poignée. Il tire deux bandes de ruban adhésif et bloque solidement le pêne. Par sécurité, il décide d'en poser une troisième. Déjà, Nathanaël commence à lui faire des signes… Est-ce simplement de l'impatience chez son ami ? Le chambreur va-t-il les surprendre ?

Alex referme la porte à force normale. Celle-ci reste dans sa position. Puis Alex la pousse sans tourner la poignée. La porte résiste un peu, puis s'ouvre. Ça va devoir suffire. Il la referme au plus vite et retourne dans sa chambre à pas feutrés suivi d'un Nathanaël tout aussi discret.

— Pourvu que ça fonctionne, soupire Alex, une fois à l'abri dans la chambre jaune. Et pourvu qu'il ne s'aperçoive de rien, car si Tati apprend ce qu'on a fait…

Alex se sent ridicule, il n'avait même pas songé que Tati pourrait être mise au courant de leurs actions. Il était tellement sûr que le plan de Nicolas était génial, infaillible… Mais là, même si tout semble fonctionner, l'anxiété le torture. Monsieur Lombardi n'a qu'à pousser la porte sans tourner la poignée pour se rendre compte de leur machination. Mais pourquoi pousser une porte fermée sans tourner la poignée ? Personne ne fait ça, tout le monde tourne la poignée, c'est machinal, tout à fait normal. Ouais, mais le chambreur est tout sauf normal…

— Relaxe-toi, Alex ! Tout va fonctionner, le rassure Nath. Comment était la chambre ? Tu l'as vue ?

— Je n'ai pas vraiment eu le temps de regarder. Mais elle est plutôt encombrée…

— On le saura bientôt. À quelle heure sort-il d'habitude ?

Alex n'a pas l'occasion de répondre. Sa tante l'interpelle du rez-de-chaussée. Un peu tremblant, Alex se pointe sur le palier de l'étage.

— Oui, Tati ?

— Est-ce que vous êtes prêts pour votre cours de natation ? Ne partez pas trop tard ! Et puis, Nathanaël a-t-il besoin d'une serviette ?

— On se prépare, Tati. Nath a apporté tout ce qu'il faut. Ne t'inquiète pas ! On y va dans un instant.

Alex attend une fraction de seconde ; Tati demeure silencieuse. Il retourne vers sa chambre au moment où l'homme sort de la salle de bain. Les jambes du garçon subitement molles comme de la guenille ne lui obéissent plus ; il voudrait courir jusqu'à sa chambre, mais n'en a pas la force… heureusement. Il aurait eu l'air tellement coupable.

Après une profonde inspiration, Alexandre réussit à faire un pas normalement. Incapable d'adresser un bonjour au chambreur, il songe que ce n'est pas bien grave avec monsieur Lombardi qui n'affectionne pas ce genre de politesse, surtout pas avec les jeunes.

— Alexandre ? C'est bien ton nom ?

Le garçon s'immobilise à deux mètres de la chambre à l'entrée de laquelle Nath lui fait de gros yeux inquiets. Il avale la boule d'émotion qui lui serre la gorge.

— Oui ?

Qu'est-ce que l'individu peut bien lui vouloir ? Il ne lui a jamais adressé directement la parole avant. Pourquoi maintenant ? Il avale de nouveau.

— Est-ce que tu pourrais…

Alexandre n'entend plus. Il vient d'apercevoir, derrière la silhouette du chambreur, le distributeur de ruban adhésif qu'il a déposé en équilibre sur le rebord du pot à plante trônant près de la chambre bleue. Son cœur manque littéralement un battement. Il lui semble que l'objet est aussi évident qu'un nez de clown au milieu du visage.

— Est-ce que tu le sais ?

Alexandre, qui n'a rien entendu, secoue la tête.

— Non, désolé ! C'est vraiment urgent !

Le garçon fonce ensuite vers la salle de bain en évitant le chambreur par la droite, ce qui l'amène à côté de la plante. De la jambe, il pousse l'objet compromettant vers l'intérieur du pot où un dense feuillage le dissimule.

Les deux mains crispées sur sa poitrine, le garçon reste dans la salle de bain pendant quelques longues minutes silencieuses. Après avoir tiré inutilement la chasse d'eau, il se risque à regagner la chambre jaune où Nathanaël l'attend impatiemment.

— Ça fonctionne, murmure son ami. La porte tient en place. T'avais vraiment envie ?

— Non. J'étais mort de peur.

— Ouais, t'étais bizarre de ne pas lui répondre.

Nathanaël raconte que le chambreur a demandé s'il connaissait les heures de bain libre de la piscine publique. Et Alex explique comment il a dissimulé in extremis le papier collant qu'il avait oublié de ramasser.

Les deux complices ricanent nerveusement puis tendent l'oreille pour percevoir les bruits qui leur indiqueront que monsieur Lombardi est parti pour la journée afin de se rendre à son supposé boulot. Cette fois encore, l'attente est de courte durée pour les garçons postés tels des militaires au garde-à-vous. Bientôt un grincement de porte se fait entendre, suivi de pas dans l'escalier, puis des paroles sont échangées et monsieur Lombardi quitte la maison.

Sans perdre une seconde, ils se dirigent vers la chambre bleue. Alexandre agrippe la poignée et pousse doucement la porte qui n'offre aucune résistance. Partageant un sourire complice, les deux amis pénètrent enfin dans le refuge du chambreur.

— Tu prends à droite et moi à gauche? propose Nathanaël à voix basse.

— Commence! Moi, je dois d'abord retirer toute la gommette.

Alex s'affaire rapidement. Un instant plus tard, la porte est refermée, le pêne est retourné dans sa gâche et le poussoir de verrouillage est bien enfoncé. Le garçon enfouit ensuite la grosse boule de gommette ainsi que l'amas de papier collant dans le fond de sa poche de maillot.

Alexandre peut enfin respirer plus calmement. Le truc de Nicolas a fonctionné, mais c'est la première et dernière fois qu'il effectue une machination pareille. Ce n'est manifestement pas son genre; le stress de se faire prendre est insupportable et puis il se sent bizarre, comme coupable ou honteux.

— Finissons-en au plus vite ! Mais sans bruit, Nath, chuchote Alex à son ami qui ouvre les tiroirs brusquement. Il ne faut pas que ma tante nous entende. Elle part bientôt pour ses cours de peinture, donc en attendant on glisse sur le sol. Et surtout, n'échappe rien !

S'assoyant devant le pupitre ancien sur lequel se trouve l'ordinateur portable du chambreur, Alex ouvre le couvercle avec soin. Le message de chargement s'affiche pendant que le regard d'Alex glisse sur les quelques papiers épinglés au babillard de liège suspendu au mur. Noms et numéros de téléphone, formules mathématiques, annonce dans une langue étrangère… Un peu de tout, mais rien qui l'informe sur les réelles intentions du chambreur.

Alexandre reporte son attention sur l'écran qui affiche maintenant une page de comptes accessibles. Deux icônes trônent au milieu et sous chacune un mot : « Leslie » et « Moi ». Mais aucune ne donne accès à l'ordinateur, car chaque compte est protégé par un mot de passe. Alex sait très bien qu'il n'a aucune chance de deviner cette information, alors il referme l'appareil. Ça aurait été trop facile.

Le tiroir du pupitre retient maintenant l'attention du garçon, mais il n'y trouve presque rien : crayons, stylos ainsi qu'un annuaire de téléphone du quartier. Alex referme le tiroir et se relève pour inspecter le dessous du lit.

— Alex! T'as entendu? Quelqu'un monte…, chuchote Nathanaël. Ce doit être Tati?

— Ou monsieur Lombardi qui a oublié quelque chose… Cachons-nous! lance Alex en plongeant aussitôt sous le lit.

Debout au centre de la chambre, Nathanaël hésite à rejoindre son ami sous le lit. Le son des pas s'accentue. Nath se dirige en vitesse vers la garde-robe, y pénètre hâtivement, puis referme sur lui juste comme la voix de Tati les interpelle.

— Alexandre? Alexandre! Nathanaël!

Les pas s'approchent davantage… Ils entendent ensuite le bruit de la poignée qui tourne, puis celui de la porte qui vibre légèrement.

Sa tante a vérifié la porte du chambreur. «Heureusement que j'ai tout verrouillé», songe Alex.

— Ces garnements sont partis sans dire au revoir. Que sont devenues les bonnes manières?

La voix est nettement plus faible: Tati abandonne ses recherches. «Le risque est passé maintenant», se rassure Alex en s'extirpant de sous le lit.

Pendant que Nathanaël tarde à sortir de la garde-robe dont la porte est maintenant entrouverte, le garçon s'affaire à inspecter les tiroirs des deux tables de chevet.

— Alex?

— Chut! Ma tante n'est peut-être pas encore partie.

— Alex? répète la voix tendue de Nathanaël.

Alexandre relève la tête pour apercevoir un Nathanaël excessivement blême émerger de la penderie. Son ami lui fait signe de s'approcher.

« Qu'est-ce qu'il peut bien y avoir dans cette garde-robe ? » se demande Alex, vivement intrigué.

15

Un tableau compromettant

Un rapide coup d'œil suffit à Alex pour faire un inventaire plutôt décevant de la garde-robe. Celle-ci ne recèle que bien peu de choses : dans le haut, oreillers et couvertures, au milieu, une série de cintres, dont seulement quelques-uns d'utilisés pour des pantalons et des chemises, et au sol, la grosse valise beige du chambreur.

La main toujours agrippée à la poignée, Nathanaël demeure aussi blême qu'un drap de fantôme.

— Là, derrière la porte, articule Nath en ouvrant celle-ci toute grande.

Un rouleau de papier déroulé et fixé en plusieurs endroits couvre la porte de bois. Il occupe toute la largeur ainsi qu'un bon mètre de hauteur. Sur celui-ci, collées à la hâte avec des coins retroussés, les photos de dizaines d'enfants ordonnées en rangées et en colonnes. Sous chaque photo, une brève identification :

nom et prénom suivis d'un nombre et du nom d'une ville entre parenthèses.

La vue de ce tableau laisse d'abord Alexandre pantois et inerte. Peu à peu, une vague froide lui glisse dans le dos ; un sentiment de frayeur s'immisce doucement en lui. Il regarde son ami au teint toujours blafard puis s'efforce d'observer à nouveau la collection de photos. Il remarque alors que certaines photographies sont barrées d'un large « X ». Six jeunes sont ainsi biffés.

— Alex, est-ce que tu crois que... ? Des enfants... Qu'est-ce qu'il leur a fait, à ces enfants ? demande Nath en pointant un doigt tremblant vers les photos marquées. Te souviens-tu de l'appel qu'il a reçu ? Il disait que quelqu'un était amorti. Tu penses qu'il les empoisonne ?

Encore sous le choc, Alex ose à peine exprimer ce qui lui saute pourtant aux yeux. Des enfants, de jeunes ados, garçons, filles... blonds, châtains, bruns... plein d'enfants, surtout à la peau blanche. Des victimes... Ses victimes ? Non, c'est trop atroce.

— Ceux qui ont un... un « X », ça veut dire que... qu'ils sont... morts, bredouille Nathanaël.

— Fichons le camp d'ici ! ordonne Alex en retrouvant enfin ses moyens. On doit avertir Tati au plus vite.

Alex fonce vers la porte, déloge le bouton-poussoir et ouvre en coup de vent, bousculé par Nathanaël. Les deux garçons se précipitent dans l'escalier qu'ils descendent en trombe.

— Tati ! Tati ! Tati !

Alex a beau appeler sa tante à perdre haleine en parcourant toutes les pièces du rez-de-chaussée, il ne la trouve nulle part.

— Elle est déjà partie à ses cours de peinture ! s'exclame Alexandre en s'appuyant à la rampe d'escalier, son cœur battant à grands coups.

— On peut la rejoindre à ses cours. C'est important d'avertir un adulte au plus vite, insiste Nathanaël qui commence tout de même à reprendre un peu de couleurs.

— J'ignore où ils ont lieu.

— En tout cas, il faut sortir d'ici, Alex. Si le chambreur revient, il pourrait nous attaquer. À quelle heure rentre Tati ?

Alex hausse les épaules, puis se souvient que sa tante conserve une feuille sur le réfrigérateur avec ses rendez-vous de la semaine. Sûrement qu'elle aura noté ses cours de peinture… Alex s'élance vers la cuisine et repère aussitôt l'information.

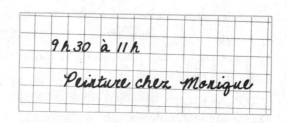

9 h 30 à 11 h

Peinture chez Monique

— Désolé, Nath, je ne connais pas Monique. Il va nous falloir patienter jusqu'à onze heures ou même onze heures trente pour lui parler.

— On n'attend pas ici en tout cas, réplique Nathanaël, la main déjà crispée sur la poignée de la porte arrière menant à la cour. Allons-nous-en !

— Et la chambre qui n'est pas verrouillée ? Si monsieur Lombardi revient, il saura qu'il est découvert. Il ne doit rien soupçonner avant qu'on ait alerté quelqu'un.

À contrecœur, Nathanaël accepte de contenir son envie de fuir à tout prix.

— Vas-y, Alex. Moi, je surveillerai par la fenêtre du salon si quelqu'un arrive. Dépêche !

Alexandre gravit les escaliers deux marches à la fois, puis pénètre dans la chambre bleue et jette un regard rapide pour voir si tout est comme avant leur passage. Il referme la porte de la garde-robe demeurée grande ouverte.

« Heureusement que je suis revenu », se dit-il en quittant la pièce après avoir enfoncé le poussoir de la poignée intérieure. La chambre est maintenant verrouillée et personne ne se douterait qu'ils y sont entrés.

Une fois de retour en bas, les deux amis s'empressent de sortir par la porte arrière. Ils récupèrent leurs vélos et pédalent à toute vitesse. Alexandre suit Nathanaël qui a pris les devants.

Et maintenant ? Font-ils bien d'attendre le retour de Tati ? Devrait-il tenter de joindre ses parents ? Peut-être qu'ils pourraient en parler à la grand-mère de Nath ?... Les questions fusent dans la tête d'Alex qui est soulagé de voir son ami tourner dans la rue Edgar, en direction d'un boisé situé tout au bout. Ils y seront à l'abri pour discuter.

— Alors, attendons onze heures quinze pour retourner chez Tati.

Les deux garçons ont considéré toutes les options. La grand-mère de Nath, les parents d'Alex, la police, la piscine, etc., pour en venir à la conclusion qu'ils pouvaient aussi bien attendre Tati. Si les photos qu'ils ont vues sont effectivement celles d'enfants kidnappés, la cabane près de la gare sert sûrement de cachette. Comme il ne s'y trouve actuellement personne, deux petites heures ne vont pas changer grand-chose.

— On aurait pu se rendre à notre cours de natation, ça nous aurait fait passer le temps. Mais, on a oublié nos serviettes avec toute cette histoire.

— À l'heure qu'il est, on aurait manqué presque la moitié du cours, alors imagine le nombre de pompes qu'on nous aurait imposé, réplique Alex en tentant un sourire. J'ai mal aux épaules juste à y penser.

— J'aurais envie de jouer à un jeu vidéo, ça me relaxerait, soupire Nathanaël.

— Allons chez vous, alors ! Ah non, c'est vrai… On est censés être au cours de natation.

Les garçons s'installent plus profondément dans leur petit coin de forêt. L'attente s'annonce longue. Nathanaël sort un crayon et son calepin, seulement ses griffonnages plutôt moroses ne les divertissent pas autant qu'à l'habitude.

◆

La première chose qu'ils aperçoivent en retournant chez Tati les perturbe peut-être davantage que la vue du tableau d'enfants deux heures plus tôt. Une voiture de police est garée directement devant la maison.

Craignant le pire, Alexandre saute de son vélo sans l'arrêter et bondit vers la porte avant. À l'intérieur, il bouscule le policier se trouvant dans l'entrée pour se jeter dans la cuisine sans écouter les protestations de l'agent.

— Tati !

Sa tante, assise à la table avec un policier, lève un regard rassurant vers son neveu affolé.

— Te voilà, Alex ! Ne t'inquiète pas. Ces messieurs sont venus prendre ma déposition. Il semble que nous ayons à notre tour été victimes de la visite de ces sales cambrioleurs.

Alex reste coi. Tranquillement, son rythme cardiaque, qui s'était emballé à la vue de la voiture de police, ralentit peu à peu. Pendant un instant, il a craint le pire pour sa tante : monsieur Lombardi était revenu et l'avait attaquée. Sa tante affolée avait tenté d'échapper à l'homme trop rapide qui l'avait rejointe dans l'escalier… Alex s'imaginait le corps inerte de Tati au bas des marches, un mince filet de sang coulant de ses lèvres closes. La réalité d'un cambriolage chasse l'image de ce scénario macabre.

— Des voleurs?

— Oui. Évidemment, ils n'ont pas trouvé grand-chose d'intéressant ici, je ne garde jamais beaucoup d'argent. Quoique ça me chagrine beaucoup qu'ils aient pris tous les bijoux dans le coffret de ma chambre. J'y gardais la belle montre de collection de ton oncle.

— Tu n'as rien eu, Tati? s'inquiète Alex.

— Mais non, voyons. Je n'y étais pas. Ils ont forcé la porte arrière. Je suis revenue un peu plus tôt de mes cours et j'ai découvert la porte entrouverte.

Tati explique ensuite aux policiers la présence des deux garçons chez elle. On les invite alors à s'asseoir à la table de cuisine.

— Je suis l'agent Jenkins. Ce ne sera pas très long. Donc, si l'on récapitule, annonce le policier d'une voix posée et calme, votre chambreur et vos neveux sont…

— Non. Mon neveu, Alex, et son ami Nathanaël, qui passait exceptionnellement la nuit ici, précise Tati tout à fait posée malgré les événements.

— Donc, ces jeunes et votre chambreur ont quitté la maison vers huit heures trente tandis que vous êtes partie vers neuf heures moins le quart en verrouillant toutes les ouvertures.

— C'est bien cela, confirme Tati.

L'agent Jenkins note quelque chose sur sa tablette, puis lève les yeux vers les enfants pour obtenir également leur témoignage. Alexandre et Nathanaël restent muets.

— Est-ce bien cela ? insiste le policier.

Alex prend son courage à deux mains. Il est plus que temps d'avertir un adulte de la vraie nature de monsieur Lombardi.

— Bien, en fait, nous sommes restés ici ce matin.

Alex n'ose pas regarder Tati.

— Ici ? Mais non, Alexandre. Vous êtes partis tôt, sans me saluer d'ailleurs. J'ai vérifié, la maison était déserte.

— S'il te plaît, ne te fâche pas, Tati, supplie Alex avant de poursuivre. Nath et moi étions… hum…

— Dans la chambre de monsieur Lombardi, complète Nathanaël pour aider son ami.

L'expression rassurante de Tati s'évanouit aussitôt. Surprise, déception, colère, stupeur… On peut maintenant y lire toutes sortes d'émotions, sauf la compréhension qu'Alexandre espérait obtenir.

— Nous avons la preuve que ton chambreur est un criminel, Tati. On ne savait pas qu'il volait aussi, mais ça ne m'étonne pas.

Le policier affiche un petit sourire incrédule, mais incite les deux garçons à raconter leur histoire. Ceux-ci acceptent volontiers et révèlent ce qu'ils ont découvert dans la chambre bleue, mais également ce que cache monsieur Lombardi dans la vieille cabane, terrasse des Bouleaux.

Tati, l'air taciturne, se tient coite pendant le récit des enfants.

— Que savez-vous de votre chambreur? demande ensuite l'agent Jenkins, qui garde son air dubitatif.

— Très peu de choses. Il m'a donné deux références que j'ai vérifiées, mais c'était seulement des endroits où il avait demeuré. On m'a assuré que c'était un homme tranquille qui payait toujours son loyer d'avance.

Le policier prend quelques notes pendant qu'un silence s'installe dans la cuisine.

— Avez-vous l'adresse de cette «cabane»?

— C'est la première maison sur la terrasse des Bouleaux.

— Le treize, précise Nathanaël.

— Vous dites que cet homme y passe ses journées en feignant d'aller travailler à Montréal.

Alexandre et Nathanaël approuvent d'un hochement de tête parfaitement synchronisé.

— Bon, bien. Nous allons lui rendre une petite visite. Merci pour toutes ces informations. Nous vous tiendrons au courant de nos démarches. Évidemment, si on retrouve vos biens à cet endroit, vous pourrez les récupérer.

— Mais vous ne voulez pas voir le tableau dans sa chambre? s'exclame Alexandre. La porte est verrouillée, mais sûrement…

— Doucement, jeune homme, je n'ai pas de mandat de perquisition pour fouiller son logement. Je vais d'abord rencontrer votre monsieur Lombardi.

— Oui, mais on croit qu'il kidnappe des enfants. Les « X » sur les photos représentent probablement ses victimes. Peut-être qu'il fabrique du poison avec ses plantes ? lance Alexandre nerveusement.

Cette fois, l'agent a un sourire franc.

— Nous n'avons aucun cas d'enlèvement d'enfant en suspens à Sainte-Dominique ou même dans la grande région métropolitaine. Il est trop facile de sauter si vite aux conclusions, jeune homme. Vous avez peut-être mal vu… De toute façon, nous nous occupons de prendre contact avec monsieur Lombardi le plus rapidement possible.

L'agent Jenkins se lève et rejoint le deuxième policier demeuré silencieux à l'entrée de la cuisine. Les deux hommes se dirigent alors vers la sortie, suivis de Tati et des garçons.

— Vraiment désolé pour ce qui vous est arrivé, madame. Est-ce que votre locataire a les clefs de la maison ?

— Non, seulement de sa chambre.

— Parfait. Gardez votre porte verrouillée. Il serait bon de lui refuser le logis tant que nous n'aurons pas recueilli sa déposition. De toute façon, il semble avoir une autre habitation dans le quartier. Nous vous contacterons pour vous tenir au courant d'ici demain, probablement.

Lorsque les policiers partent, Tati enjoint aussitôt à Nathanaël de retourner chez lui. Elle lui conseille de tout raconter à ses parents.

Dans une demeure au calme enfin retrouvé, Tati, tout de même ébranlée, dit à son neveu :

— J'ai besoin d'aller me reposer. Nous discuterons de toute cette histoire après le dîner. Va verrouiller les portes, et je te prierais d'aller également te reposer dans ta chambre.

— D'accord. Je veux seulement te dire que je sais que tu n'es pas contente de ce que j'ai fait, mais c'était réellement pour nous protéger. Monsieur Lombardi est dangereux et je craignais pour nous.

— On en reparlera plus tard, Alexandre, répond Tati d'une voix fatiguée, mais qui ne laisse aucune place aux protestations.

16

Un cadeau pour Laurianne

Affairée à la cuisine, Tati prépare une bonne soupe aux légumes.

«Cela nous remettra d'aplomb après toutes ces émotions», raisonne-t-elle tout bas comme pour elle-même.

Pendant le dîner, ils parlent peu. Alex n'insiste pas, il ne veut pas épuiser sa tante. Elle entamera la discussion quand elle le jugera bon. Peut-être attend-elle des nouvelles de la police pour se faire une idée du bien-fondé des actes posés par son neveu…

Après le repas, Tati se met à inspecter toute la maison. Elle redresse certains bibelots, ferme plusieurs tiroirs, remet de l'ordre un peu partout, pendant qu'Alex la suit de pièce en pièce, espérant pouvoir se rendre utile.

Dans sa chambre, Tati s'assoit sur le lit avec son coffre de bois sur les genoux. De toute sa collection, il ne reste que quelques boucles d'oreilles orphelines ; de toute évidence, le contenu a été vidé précipitamment dans un sac.

— Je t'ai déjà montré la montre de ton oncle, n'est-ce pas, Alexandre ? Il l'avait eue en cadeau de son grand-père.

— Oui, Tati, acquiesce Alex. Elle était très belle.

— Je voulais te l'offrir, tu sais. Lorsque tu aurais été un peu plus vieux et en âge d'apprécier une antiquité.

— C'est gentil. Je suis désolé, Tati.

Alex ignore pourquoi il sent le besoin de s'excuser. Ce n'est pas sa faute après tout si le chambreur est un escroc de la pire espèce. De toute évidence, il est revenu voler ce matin, après leur départ. Monsieur Lombardi est un kidnappeur, un voleur, un meurtrier peut-être... Pourvu qu'il ne revienne pas.

En milieu d'après-midi, Tati convoque Alexandre à l'étage. Elle se tient bien droite devant la porte de la chambre bleue lorsque le garçon la rejoint. Sans un mot, elle glisse une clef dans la poignée, puis ouvre celle-ci.

Étonné, Alexandre n'ose pas entrer.

— Mais comment as-tu...

— J'ai parlé avec mon locataire. Il s'agit de ma maison... Qu'importe, Alex ! Montre-moi les photos !

Le garçon avance alors jusqu'à la garde-robe. Il ouvre la porte toute grande et exhibe le tableau des photographies d'enfants. L'effet est tout aussi bouleversant que la première fois.

Tati ne dit pas un mot, puis recule, signifiant qu'elle en a assez vu. Alexandre referme la garde-robe.

Une fois de retour dans la cuisine où le garçon prenait sa collation avant que sa tante ne l'appelle, Tati est très brève.

— Je ne suis ni ta mère ni ton père, Alexandre. La situation est grave et j'avoue ne pas savoir comment réagir à ce que Nathanaël et toi avez fait. Je vais laisser tes parents décider. Je comprends que tes intentions étaient peut-être bonnes, du moins en partie. Je dis en partie, car je pense sincèrement qu'on n'a pas à s'immiscer dans la vie privée des gens comme vous l'avez fait.

— Est-ce que tu les as déjà avertis? s'inquiète Alexandre, présageant une tempête parentale.

— Tes parents? Non, pas encore. Peut-être que je vais attendre qu'ils reviennent. Je ne suis pas décidée. Pour l'instant, ma priorité est d'assurer notre sécurité. D'ici une demi-heure, un serrurier viendra changer les serrures, je préfère ne pas prendre de risques.

— D'accord, Tati.

— Promets-moi seulement une chose, Alexandre.

— N'importe quoi, Tati.

— Tu ne retournes plus à cette maison. Sous aucun prétexte, tu m'entends? Même si tu voyais monsieur Lombardi s'y diriger.

— Oui, oui, Tati. Je te le promets.

Alex ne ressent plus aucun désir de se rendre là-bas. Il ne veut plus revoir monsieur Lombardi. Il serait enchanté de le savoir capturé, puis envoyé en prison. Il en a assez de toute cette histoire et n'aspire qu'à redevenir un jeune de douze ans ordinaire qui profite de ses vacances avec ses amis.

Ce soir-là, Alexandre se couche tôt. Malgré son somme de début d'après-midi, il se sent épuisé. Une fois au lit, il songe à Laurianne et à son party d'anniversaire du lendemain. Comme la semaine a passé vite. Il a drôlement besoin d'une bonne dose de plaisir garanti. Seulement, Alex n'a toujours rien à offrir à la jeune fille. Avec au plus sept ou huit dollars au fond de son porte-monnaie, comment fera-t-il pour lui trouver un cadeau avant l'heure du midi ? Le sommeil a bientôt raison de ses réflexions.

Le lendemain matin, Tati somme son neveu de se rendre à son cours de natation comme d'habitude. Quoi qu'ils soient sans nouvelles de la police municipale, le fait que monsieur Lombardi ne soit pas rentré leur laisse croire à une arrestation.

— De toute façon, je vais téléphoner au poste de police aujourd'hui pour prendre des nouvelles, annonce Tati. Peut-être qu'ils n'ont simplement pas eu le temps de nous appeler.

— Tu ne resteras pas toute seule ici? s'inquiète Alexandre.

Sa tante secoue la tête d'un air confiant.

— Ne te tracasse pas. Je garde les portes verrouillées. D'ailleurs, j'ai parlé aux voisins hier soir pour les mettre au courant. Ils vont jeter un coup d'œil, et puis monsieur Santerre, qui habite juste à côté, est en congé aujourd'hui. Il reste à la maison pour faire des travaux. Je ne serai pas seule, jeune homme. Allez, ouste!

En chemin, Alex se demande ce qui est arrivé à Nathanaël. Il est sans nouvelles de lui depuis la visite des policiers. «Il est probablement déjà à la piscine», songe Alexandre en accélérant.

À cette heure matinale, où est monsieur Lombardi? A-t-il tout avoué? Croupit-il au fond d'une cellule? Le jeune nageur l'espère.

À la piscine, Alex est heureux d'apercevoir Nathanaël affairé à verrouiller son vélo.

— Nath!

— Salut, Alex, répond Nathanaël sans grand entrain.

— T'as l'air démoli, mon vieux! Est-ce que tu t'es fait... ben... réprimander? demande Alex en craignant que son ami ait reçu une sévère punition. Son père n'est pas du genre à discuter.

— Non, ce n'est pas ça. J'ai mal dormi, c'est tout.

— Monsieur Lombardi n'est pas revenu chez Tati. Je suppose que la police l'a arrêté. Qu'est-ce que t'as dit à tes parents?

— Ben, seulement que le chambreur de ta tante était un voleur et que les policiers étaient venus chez elle.

— Juste ça ? Et qu'est-ce qu'ils t'ont dit ?

— Que je ne devais plus aller chez toi… ben, chez Tati.

— Est-ce que tu peux jouer avec moi ?

— Mais oui ! Tu peux venir chez moi.

— Tu ne leur as pas raconté toute l'histoire ? La maison, le labo, les photos ?

Nathanaël chemine vers la piscine en gardant la tête penchée vers ses pieds comme si ses baskets étaient tout à coup devenues passionnantes et méritaient toute son attention.

— Non, je n'ai pas osé. Est-ce que ta tante va téléphoner chez moi, tu crois ?

Alex hausse les épaules.

— Je l'ignore.

De toute évidence, son ami est inquiet parce qu'il dissimule la vérité à ses parents. Il a peur que cette ruse le rattrape au détour. En revanche, Alex, qui n'a rien caché à Tati, se sent l'esprit plus tranquille. Nul doute qu'Alexandre devra subir des conséquences lorsque ses parents apprendront toute l'histoire. Mais il est capable de vivre avec cette situation. Ses parents sont du genre à le sermonner ou à l'envoyer réfléchir dans sa chambre, au pire à lui infliger certaines privations. Il est d'ailleurs bien content que leur retour ne soit prévu que pour le lendemain, car il aurait pu dire adieu au party de l'après-midi.

— As-tu un cadeau pour Laurianne? demande Alexandre pour changer de sujet.

— Ouais... Ma mère a rapporté de voyage des livres pour jeunes. «Il y en a de très appropriés pour une jeune fille de douze ans», se moque Nathanaël en imitant l'accent de sa mère alors qu'ils traversent le vestiaire.

Les deux garçons s'arrêtent à la station de douche pour se rincer rapidement, puis continuent leur chemin jusqu'au point de rassemblement du cours. Le moniteur n'est pas encore là, aussi Alex s'empresse-t-il de rejoindre le grand Nicolas appuyé nonchalamment à la clôture. Arrivé devant lui, il tend la main.

— Tu me dois vingt dollars.

Nicolas relève un sourcil étonné sur un air moqueur.

— T'as des preuves?

— La police était chez ma tante, hier.

— Ah oui! Et puis, qui est-ce, ton bonhomme? Qu'est-ce qu'il fait dans cette cabane?

— C'est compliqué... Mais en tout cas, on a aidé la police à le coffrer pour vol. Il a volé chez ma tante.

— Ah! oui? fait Nicolas encore plus incrédule.

— Oui, tu sauras. Et puis, on a inspecté sa maison et sa chambre. En passant, merci pour le truc de la gommette.

Nicolas s'est redressé, il ne semble plus aussi sceptique.

— Et pourquoi allait-il dans cette vieille cabane ?

— Sûrement pour préparer ses coups, réplique Alexandre d'un ton impatient. La police l'a arrêté grâce à nous, alors tu me dois vingt dollars.

L'appel de rassemblement du moniteur suspend abruptement la conversation. Tous les jeunes sautent à l'eau et commencent le réchauffement. Pendant la première heure d'entraînement, aucune pause n'est accordée et Nicolas, qui se tient plus isolé, demeure inaccessible.

Lorsque le moniteur accepte de leur accorder une trêve, Alexandre se rapproche de Nicolas malgré les protestations de Nathanaël. L'adolescent s'étire nonchalamment les bras en secouant du même coup les puissants quadriceps de ses cuisses.

— Laisse, conseille Nath. Je savais qu'il ne tiendrait pas son pari.

L'adolescent semble un peu piqué par la remarque. Il relève le menton en soufflant par le nez.

— T'as perdu le pari, Nicolas, insiste Alexandre.

— Tu penses que je m'apporte de l'argent dans mon maillot, idiot ? Tu l'auras, ton argent... Seulement, la semaine prochaine.

Déçu, Alex fait la moue. C'est aujourd'hui qu'il en a besoin.

— Ouais, ouais, réplique Nathanaël d'un ton délibérément provocateur.

◇

— Tu crois réellement que Lombardi est le voleur du quartier ?

Alexandre n'a aucune envie de répondre à la question de Nathanaël. Les garçons font le tour du magasin de bibelots pour la deuxième fois et Alexandre commence à désespérer de trouver le moindre cadeau pour Laurianne. Tout d'abord parce qu'il n'y a rien de beau dans cette minable boutique et ensuite parce que ses maigres huit dollars l'empêchent de considérer les quelques babioles tout juste convenables. De plus, Nathanaël, plongé dans ses réflexions, ne lui offre aucune aide.

— Qu'est-ce que tu penses de ça ?

Encore une fois, Nathanaël n'a pas d'opinion. De toute façon, Alexandre a déjà remis sur l'étagère la boîte décorative qu'il trouve maintenant ridiculement criarde.

— Ça n'a vraiment pas d'allure ! Les plantes, le labo, les photos d'enfants… Quel rapport avec des vols de cabanon ou des petits cambriolages ?

— Non, Nath ! Ce qui n'a pas d'allure, c'est d'arriver à un party d'anniversaire sans cadeau. Est-ce que c'est trop demander que tu m'aides un peu au lieu de penser encore à ce Lombardi ?

Son ami fait la moue.

— OK, OK.

Les garçons entament un nouveau tour du magasin avec Nathanaël qui cette fois regarde attentivement les étalages. Alexandre le laisse explorer sans dire un mot, espérant que son copain ait plus de chance que lui. Finalement, Nathanaël se rend dans la zone de cartes de souhaits à l'avant du local.

— Tu sais, les cadeaux, ça se donne de moins en moins, commente-t-il d'un air sérieux. Le plus souvent, les gens offrent de l'argent dans une belle carte.

— Je voulais lui trouver un beau cadeau, soupire Alexandre. Mais tu as probablement raison. Il est trop tard et je n'ai pas assez d'argent. Alors, j'achète une carte, mais qu'est-ce que je mets à l'intérieur ? Toute ma petite monnaie… Je vais avoir l'air idiot.

— Tati peut sûrement te prêter vingt dollars. Tu n'auras qu'à les lui rendre pendant l'été.

— Ouais, quand Nicolas me donnera le vingt… OK, tu as probablement encore raison. Il ne me le donnera pas. Alors, je tondrai le gazon chez mes voisins pour me faire de l'argent.

Alex n'est pas des plus enthousiaste puisqu'il doit dire adieu à son idée d'offrir un fabuleux cadeau qui aurait fait rayonner Laurianne de plaisir. « Au moins, je n'aurai pas l'air fou », songe-t-il amèrement.

Quelques instants plus tard, ils sont de retour sur leurs vélos. En chemin, Alexandre prend soin de ne pas froisser la jolie carte d'anniversaire qu'il a choisie.

Il est déjà onze heures passées lorsqu'ils arrivent chez Nathanaël.

— Je rentre chez Tati pour m'assurer qu'elle va bien, annonce Alex. Peut-être qu'elle aura eu des nouvelles du poste de police.

— Ouais, répond Nath distraitement. En tout cas, moi, je ne vois pas le rapport entre le labo de monsieur Lombardi et les vols du quartier. Et puis les photos ? Qu'est-ce que ça voulait dire ?

— Tu sais, Nath, on a tout raconté aux policiers, pour la maison et pour la chambre. On ne doit plus s'en mêler désormais. L'enquête est entre leurs mains. Et cette fois, j'ai réellement promis à Tati…

— Je sais, je sais…

Alex sourit d'un air enjoué qu'il espère communicatif.

— Alors, bonne mission, *mister* Bourne. Je passe te prendre vers treize heures quarante-cinq pour aller au party.

Toujours soucieux, Nathanaël acquiesce de la tête et envoie un salut de la main en rentrant son vélo dans le garage.

La carte d'anniversaire ouverte devant lui, le crayon levé, Alex hésite. Doit-il simplement inscrire son nom ? Ou peut-être un texte songé, poétique ? Après tout, l'enseignant de français dit qu'il a du talent…

Au fond, ce qu'il aimerait, c'est de pouvoir écrire : « Laurianne Gariépy, tu es la plus belle fille du monde. »

Alexandre imagine la jeune fille rougir de plaisir et peut-être d'embarras, puis s'avancer prestement vers lui pour déposer un baiser parfumé sur ses lèvres. Ses cheveux glisseraient en vagues sur les joues d'Alexandre.

— Alexandre, tu viens?

La voix de Tati le sort à regret de son rêve éveillé. Mieux vaut simplement signer son nom. Sinon, la scène réelle risque d'être une tempête de rires devant l'annonce de son amour à la populaire Laurianne. De toute façon, il met pour l'instant la carte de côté, car Tati, à qui il a quémandé un prêt de vingt dollars, l'appelle pour lui montrer quelque chose. Elle a accepté pour l'argent, mais pense qu'il pourrait être intéressé par son idée. « En tout cas, si c'est un livre, je lui dis non », se convainc Alex une fois au bas de l'escalier.

Le garçon rejoint Tati dans sa chambre au rez-de-chaussée.

— Viens t'asseoir sur le lit, Alex. Est-ce qu'elle est coquette?

— Qui?

— La jeune fille que vous fêtez, voyons. Est-ce qu'elle aime les jolies choses?

— Ben, c'est une fille, Tati. Une jolie fille. Toutes les filles sont coquettes, non?

— Hum… Il faudrait jaser de filles avec toi. Je vais en parler à ton père…

— Quoi? Mon père est un spécialiste des filles!

Tati éclate de rire.

Elle lui tend alors une petite boîte de bois de forme ovale. Alex la trouve très belle, pas criarde comme celles du magasin.

— J'ai acheté ce cadeau à un salon des métiers d'art, je pensais la donner à ta cousine pour Noël prochain. Mais puisque tu sembles tenir à offrir un présent spécial à ton amie…

— La boîte est très jolie, Tati, commente Alex en la prenant.

— Ouvre-la !

Le garçon manipule délicatement le contenant pour en retirer le couvercle peint d'un lys mauve finement tracé.

— Oh !

— Tu aimes ?

— Oh ! s'exclame à nouveau Alexandre en dégageant l'objet brillant qu'il s'imagine être une broche décorative.

— C'est une pince à cheveux fabriquée à la main par des artisans de la région. Ravissant, n'est-ce pas ?

Une pince à cheveux ! Alexandre croit rêver. La pince faite de fin métal aux reflets verts et mauves est travaillée en forme de lys et sertie de brillants en son centre. Alex la replace délicatement dans la boîte avant d'entourer le cou de Tati de ses deux bras.

— Les voleurs ne l'ont pas vue. C'est une chance, non ?

— Merci, Tati. C'est le plus beau cadeau que je pouvais lui offrir. Sincèrement, le plus beau cadeau. Je te promets de te rembourser dès que j'aurai accumulé l'argent.

— Ce n'est pas si urgent. Ouste, va te préparer. Je te l'emballe.

Alexandre s'enfuit dans la chambre jaune. Il sait maintenant quoi écrire dans la carte.

17

Une fête perturbée

Splash !

La bombe de Nath vient éclabousser tout le groupe de jeunes filles qui jasent près du trampoline, provoquant une sérénade de cris aigus. L'endroit déborde d'enfants de onze à treize ans. Par ce chaud après-midi, certains profitent de la rafraîchissante piscine, d'autres s'amusent en jouant aux divers jeux disposés dans la cour, tandis que les plus gloutons dégustent des friandises dans la salle à manger. En traversant la maison, Alex a eu la vision d'une grande nappe bleutée et brillante sur laquelle s'étalent des sucreries multicolores au travers de bols de punch et de plateaux de brochettes de fruits frais.

— Bonjour, Alexandre. Tu peux déposer ton cadeau ici. Laurianne va les ouvrir plus tard, dit Valérie en indiquant une petite table ronde coiffée d'un parasol.

Tout le monde connaît Valérie, la mère de Laurianne, car elle est bibliothécaire à l'école primaire du quartier.

— D'accord, Valérie.

Alex s'exécute tout en se demandant comment Nath peut être déjà dans la piscine alors qu'ils viennent à peine d'arriver. Il n'a probablement pas aperçu le mirage de friandises à l'avant de la maison. Lui-même doit-il se laisser tenter par la vision affriolante ou plutôt retirer son chandail pour rejoindre son ami dans l'eau ? La toute nouvelle piscine creusée de Laurianne est vraiment chouette : très large avec un plongeoir tout au fond et un trottoir de pavés bruns ceinturant l'eau.

Hésitant, Alexandre s'avance jusqu'au bord du patio. Une toute petite fille, sûrement la sœur de Laurianne, papillonne d'un invité à l'autre en offrant sourires et câlins. Elle frôle Alex timidement ; celui-ci, qui la trouve mignonne comme tout, lui adresse un sourire amusé.

— Bonjour ! Elle, c'est Mélina, et moi, Serge, le père de Laurianne, se présente alors l'homme à la suite de la fillette en tendant une poigne solide au garçon.

— Bonjour, moi, c'est Alex.

— Ah oui. Vous étiez dans la même classe, n'est-ce pas ? Oups, je dois y aller. Il faut que je surveille la petite. Amuse-toi !

« Sympa, son père ! » songe Alex en se dirigeant vers l'intérieur puisqu'il n'a pas aperçu Laurianne dans la cour. Il tient d'abord à la repérer, puis il ira rejoindre les copains qu'il n'a pas revus depuis la fin des classes.

Alexandre retrouve la jeune fille en grande conversation avec ses deux cousines.

Le garçon s'approche du buffet aux effluves de framboise bleue. Le spectacle est si merveilleux qu'il réussit presque à voler la vedette à Laurianne en maillot de bain fleuri à fond jaune, couvert par une jupe aux pans légers ondulant avec les mouvements de la jeune fille pendant qu'elle décrit les saveurs de chaque sucrerie. En la regardant, Alex en conclut qu'elle doit être coquette puisque sa jupe et son maillot sont coordonnés.

— Ma mère m'a dit que tu étais arrivé, Alex. Je suis contente que tu ne sois pas allé à Washington.

Alex est surpris de constater que Laurianne se souvient de ses plans initiaux.

— Moi aussi !

— Est-ce que c'est chouette chez ta tante ?

— Super ! réplique le garçon en se disant que s'il omettait la journée de la veille, ce n'était pas si loin de la réalité. Tati est une excellente cuisinière.

La jeune fille montre du doigt le plat de baleines bleues.

— Goûtez à celles-ci ! Il y a du jus suret qui éclate dans la bouche lorsqu'on les mord.

Plusieurs mains se dirigent en même temps vers le plat.

— Tu viens sur le trampoline, Alex ? lui demande Laúrianne en lui prenant le bras. Maman, on peut monter le son de la musique, s'il te plaît ?

Les sucreries, les rires, la musique, les courses dans la piscine organisées par Serge qui en profite pour laisser la surveillance de la petite Mélina à sa femme, les sucreries, les jeux dans l'eau, les sucreries, les rires de Laurianne… Il ne manquerait plus que la jeune fille ouvre son cadeau et fonde littéralement de joie.

Alex croit vivre le meilleur party de sa jeune vie. Il voudrait que l'après-midi ensoleillé s'étire sur plusieurs jours… mais le plaisir est parfois de courte durée.

— Alex, on te demande à la porte, l'informe Valérie venue le chercher dans la cour. Nathanaël aussi. Est-ce que tu sais où il est ?

Intrigué, Alex pointe un doigt vers la piscine où il croit bien avoir aperçu Nathanaël quelques minutes plus tôt au travers de la douzaine de jeunes.

« Qui peut bien nous demander ici ? s'interroge Alex en descendant du trampoline.

Il rejoint Nathanaël qui s'assèche avec sa serviette sur le patio pendant que Valérie chuchote quelques mots à l'oreille de son mari.

Une fois dans la maison, les deux garçons comprennent vite qui veut les voir. Les policiers de la veille se tiennent bien droits dans l'entrée.

Pourquoi sont-ils ici ? Qui leur a dit où Alex et Nath se trouvaient ? Le garçon obtient rapidement la réponse à cette deuxième question en apercevant, par la porte d'entrée restée ouverte, Tati qui se gare derrière la voiture de patrouille.

— Il va falloir venir au poste avec nous, ordonne un des agents. Nous avons des questions à vous poser quant à vos agissements au 13, terrasse des Bouleaux.

Nath et Alex écarquillent les yeux d'étonnement.

— Nous, nous deux ? Maintenant ?

— Oui. Votre père a été averti et il nous y rejoindra, a ajouté l'agent en s'adressant à Nathanaël.

Il y a ensuite un moment de silence où les garçons demeurent figés. Puis ils s'empressent de ramasser leurs choses.

— Alex ? Nath ?

Alexandre se retourne pour apercevoir Laurianne entourée de plusieurs amis. La jeune fille s'avance, l'air mal à l'aise.

— Vous partez ?

— Euh… oui… Désolé… Peut-être…

Alexandre se tait, il sent sur lui les regards curieux de tous qui commencent à lui donner une vague envie de vomir. La mère de Laurianne apparaît, les bras remplis de quelques serviettes et chandails, et avec plusieurs paires de sandales accrochées aux doigts.

— Tenez, les garçons. Prenez ce qui vous appartient, je n'étais pas certaine de reconnaître vos choses.

Sans dire un mot, Alex et Nath enfilent leurs t-shirts et glissent leurs pieds dans leurs sandales. Pendant ce temps, l'hôtesse tente sans succès de renvoyer les invités dans la cour. Finalement, elle abandonne et se tourne vers les policiers, avec lesquels elle entame une conversation sur la pluie et le beau temps.

Alexandre voudrait disparaître de la surface de la Terre. La figure rougeaude de Nathanaël laisse deviner qu'il est dans un tout aussi mauvais état.

Enfin, les deux jeunes sont prêts et suivent les policiers à l'extérieur. Des murmures les accompagnent. Quelle honte! Jamais Alex n'oubliera cet événement. C'est le pire party de sa vie!

18

Introduction par effraction

— Alors, vous êtes entrés par effraction au 13, terrasse des Bouleaux, affirme l'agent d'une voix puissante et dure.

— Euh, ça dépend de ce que veut dire « effraction », réplique aussitôt Nathanaël avant qu'Alexandre n'ait pu l'en empêcher.

— Est-ce que vous êtes entrés dans cette maison sans y être invités ?

— C'est certain qu'on ne lui a pas demandé.

— La porte était barrée, insiste l'agent.

— Oui, répond simplement Nath.

— Alors comment êtes-vous entrés ?

Nathanaël hésite. Alex vient à son secours.

— Il y avait une fenêtre déjà cassée en bas. On pensait seulement faire le tour et regarder, mais là, c'était grand ouvert.

— Ah oui ? fait le policier d'un air incrédule. Il vous invitait presque… C'est ça ?

— Oui, répond Alexandre sans broncher. C'est comme laisser la porte ouverte, non ?

— C'était ouvert ? Vraiment ?

Alexandre a envie de demander au policier s'il est sourd lorsque le deuxième agent intervient :

— C'est évident qu'ils cachent quelque chose. Je pense qu'on serait mieux de respecter la procédure officielle et de les interroger séparément.

— La fenêtre était cassée, mais l'ouverture était couverte d'une planche de bois, annonce Nathanaël subitement.

Alexandre se retourne vers son ami, complètement ébahi. Mais qu'est-ce qu'il raconte ? A-t-il perdu la tête ? Est-ce parce que son père l'observe d'un regard noir, plus loin derrière, à côté de Tati qui ne semble pas plus heureuse ?

— J'ai tiré sur la planche.

— Tu as arraché la planche qui couvrait la fenêtre brisée.

— Oui… Ben, je n'ai pas tiré si fort. Ce n'était pas très solide, explique Nathanaël tout en évitant le regard d'Alexandre.

— Donc, c'est, comme on dit, par effraction, note le policier en griffonnant dans le dossier.

— Quoique ça ne change pas grand-chose pour vous. Effraction ou pas, vous avez enfreint la loi en pénétrant chez cet homme sans sa permission, fait remarquer le deuxième agent.

L'interrogatoire sur leurs agissements au 13, terrasse des Bouleaux ainsi que dans la chambre de monsieur Lombardi se poursuit pendant une longue demi-heure. Alexandre essaie de s'encourager en se disant que ce n'est pas la fin du monde, qu'ils ne sont que des enfants, qu'on ne va pas les arrêter juste pour ça. Ils n'ont rien volé, après tout.

Il semble bien que Nathanaël ait arraché une planche qui couvrait la vitre brisée. C'est bien possible, les deux garçons ne sont pas restés tout le temps l'un à côté de l'autre. Et puis, ça expliquerait le comportement plus anxieux de son ami ces derniers temps.

— Où étiez-vous le mercredi 16 juin ?

Les garçons se regardent d'un air étonné. Quel rapport avec les événements de la dernière semaine ?

— Ben, on était à l'école, répond Nathanaël.

— À vingt-deux heures ?

— Euh, non, là, on devait être couchés, ricane nerveusement Alexandre qui ne comprend pas où ils veulent en venir.

— Et le 28 juin à la même heure ?

— Nos parents ne nous laissent pas sortir tard. Alors, on était à la maison, c'est sûr. Pourquoi nous demandez-vous ça ? Quel rapport avec monsieur Lombardi ?

— Aucun. Monsieur Lombardi n'a aucun rapport avec notre enquête sur les vols par effraction. Monsieur Lombardi est hors de tout soupçon.

Alex bondit de sa chaise, étonné et choqué.

— C'est impossible! Avez-vous vu le labo, les plantes? Et les photos dans sa chambre… S'il n'est pas un voleur, c'est un kidnappeur!

— Alexandre Dupays, cesse tes accusations immédiatement.

L'interpellation de Tati ne tombe pas dans l'oreille d'un sourd. Alex se rend compte de la gravité de ce qu'il avance et se tait aussitôt. Un silence pesant s'installe. Puis Nathanaël ose poser une question aux policiers.

— Avez-vous une idée de qui est le voleur?

— Le ou les cambrioleurs? On les aurait peut-être déjà mis sous les verrous si vous n'étiez pas intervenus. Aviez-vous quelque chose à cacher?

Alexandre est décontenancé. Est-ce qu'on les accuse à présent d'être impliqués dans ces cambriolages?

— Vous pensez que… nous… les voleurs?

Alexandre attend la réponse qui tarde à venir. Il sent sa gorge se serrer. Les larmes lui montent aux yeux. Monsieur Tammad et Tati se rapprochent. L'agent responsable de l'interrogatoire finit par offrir une réponse.

— Si vos parents confirment votre version pour les 16 et 28 juin, disons que ça devrait nous suffire. Mais vous n'êtes pas sortis du bois…

On entend alors le père de Nath grogner derrière eux.

— Monsieur Lombardi veut porter plainte pour introduction par effraction. C'est sérieux! Vous risquez de vous retrouver avec des dossiers.

Cette fois, Alexandre a seulement le goût de rentrer sous terre. Il a honte de tous les problèmes qu'il a causés. Quoiqu'il n'arrive quand même pas à admettre que monsieur Lombardi soit blanc comme neige. Pour l'instant, il n'ose plus rien dire.

— Peut-être y a-t-il moyen de faire changer monsieur Lombardi d'idée, argumente Tati. Après tout, ce ne sont que des enfants, qui ont mal agi, très mal agi, certes. Mais, tout de même…

Le policier hausse les épaules, visiblement peu enclin à se montrer clément.

— Ce n'est pas de notre ressort. Monsieur Lombardi est dans son droit. Mais vous pouvez partir… Évidemment, évitez les voyages à l'extérieur de la ville pour les prochains jours. Nous aurons probablement à leur ouvrir des dossiers juvéniles.

Alex voudrait boucher ses oreilles. Ils ne peuvent pas parler d'eux. Nath et lui sont de bons gars, pas des *bums*. Ses parents vont être tellement déçus !

Dans la voiture de sa tante, installé sur la banquette arrière, Alexandre pleure tout le long du trajet de retour. Quelques hoquets trahissent ses émotions, mais Tati le laisse en paix.

Alexandre ne veut pas souper : aucun des plats proposés n'arrive à le faire sortir de sa chambre. Il y reste couché à plat ventre sur le lit, toute la soirée. Il rumine chacune des scènes honteuses de l'après-midi. Il essaie bien de se souvenir des bons moments du party, mais sans y parvenir ; les grands yeux ébahis des copains qui les observent partir avec les agents viennent toujours tout gâcher. Il réentend la voix étonnée de Laurianne lorsqu'elle s'est aperçue que des policiers venaient les chercher.

Pendant ces quelques heures, Alexandre se traite d'idiot une bonne centaine de fois. Il n'ose téléphoner chez Nath qu'en fin de soirée pour se faire dire sèchement que celui-ci est déjà couché. Ensuite, il reçoit un appel de sa mère à qui il refuse de parler, suppliant Tati de ne pas le forcer à tout raconter ce soir. Il s'en sent réellement incapable. Sa tante n'insiste pas.

Vers vingt-deux heures, alors qu'il se faufile sous la couverture et qu'il commence à s'assoupir, Tati revient lui parler. Elle lui apprend tout d'abord que le retour de vacances de ses parents est prévu pour dix-neuf heures le lendemain.

— Je ne leur ai rien dit sur les événements des derniers jours, lui confie-t-elle. Je pense que cela ne les aurait qu'inquiétés inutilement. Et puis, je crois que c'est à toi de faire ton mea culpa et de tout leur raconter.

Tati attend une réponse qui ne vient pas. Elle se penche alors vers son neveu et lui dépose un baiser sur le front.

— Dors bien, mon grand. Le temps soigne bien des plaies. Je te réveillerai demain pour ton cours de natation… Tu en as également le samedi, n'est-ce pas ?

— Je ne veux pas y aller.

— Alexandre, la vie continue. Tu dois aller à tes cours. Ta compétition approche et j'aimerais te voir monter sur le podium.

— Ce n'est pas un cours manqué qui fer...

— Oh! que si! Tu vas à ton cours, un point c'est tout. Ne rouspète pas.

Alex est persuadé qu'il sera incapable de nager. Cependant, il a assez désobéi, il écoutera Tati et ira sagement à la piscine. En espérant que la visite de la police chez Laurianne ne se soit pas trop ébruitée...

Peu de temps après le départ de sa tante, Alex s'endort en pensant au sourire de Laurianne. Dorénavant, la jeune fille va sûrement l'ignorer pour de bon. Il peut dire adieu à ses espoirs. Elle ne sera pas sa petite amie...

19

D'un doré très brillant

— Les frères Sabourin disent que vous avez volé des bonbons au dépanneur.

Entre deux séries de longueurs de brasse, Nicolas résume les rumeurs farfelues, alarmistes et parfois malveillantes qui se répandent dans le quartier plus vite qu'un vent chaud la veille d'un orage.

— Personne ne pense que nous sommes les voleurs du quartier ? s'inquiète Alex.

Nicolas affiche un sourire narquois.

— Non, tout le monde sait que vous être trop *nerds* pour ça.

— On n'est pas *nerds*, s'insurge Alex.

— Ah non ? Ben, en tout cas, vous avez pas assez de couilles pour monter ce genre de gros coup.

— Tant mieux ! Tu sembles trouver ça décevant. On ne nous croit pas assez mauvais pour faire ce genre de coup. C'est une consolation.

Nicolas hausse les épaules avec un air arrogant. Les deux garçons plongent en même temps pour leurs trois longueurs de brasse. Alex ne s'efforce pas de le rejoindre. L'adolescent est plus vieux et ne compétitionne pas dans la même catégorie que lui.

Alexandre se laisse glisser dans l'eau au rythme des impulsions de ses bras et de ses jambes. Ses mouvements qui battent une cadence régulière lui font du bien ; son corps qui fend l'eau apaise ses tourments.

Le garçon replonge dans ses pensées. Il répète la tirade qu'il a préparée pour tantôt… lorsqu'il ira cogner à la porte du 13, terrasse des Bouleaux.

C'est son idée d'aller s'excuser auprès du chambreur pour ce dont il l'accuse et pour les problèmes qu'il lui a causés. Ainsi, peut-être monsieur Lombardi acceptera-t-il de ne pas porter plainte. Alex en a parlé avec Tati ce matin. Il a tellement pris de mauvaises décisions cette semaine qu'il ne sait plus s'il peut se fier à son propre jugement. Tati l'a approuvé. Elle lui a dit que c'était honorable de vouloir s'excuser, mais qu'il ne devait pas fonder trop d'espoir sur un éventuel revirement de situation.

Arrivé au mur, Alex effectue une vrille parfaite troublant à peine la surface de l'eau de quelques remous.

Il aurait préféré que Nathanaël vienne avec lui parler à monsieur Lombardi ; cela aurait été plus facile à deux. Mais son ami est absent. Alex s'inquiète : il craint que son ami n'ait subi les foudres de son père.

Donc, Alexandre irait seul et il serait franc. Voilà !
Il ne dirait pas qu'il est désolé ou qu'il s'est trompé.
Non, il s'en tiendrait au fait : il n'avait pas le droit de
faire ce qu'il a fait, il lui a causé du tort, il offre des
excuses en espérant qu'elles seront acceptées.

Une nouvelle vrille sur le mur qui s'approche…

Oui, simple et franc. Il ne regrette pas ce qu'il a fait
et, au fond, il est toujours intrigué par cet homme et
son laboratoire. Seulement, après une nuit, une mauvaise nuit, il est prêt à admettre que ce ne sont pas ses
affaires et que c'est à la police de s'en occuper.

Alex s'extirpe de l'eau presque en même temps que
Nicolas qui, après une première longueur en trombe,
a beaucoup ralenti. Le moniteur l'interpelle justement
pour lui rappeler de se garder de l'énergie pour la fin
de sa nage.

Le cours est terminé. Arrivé le premier au vestiaire
pour se sécher et se changer, Alexandre s'assoit sur le
banc central. Lorsque d'autres nageurs qui, à leur tour,
ont fini viennent le rejoindre, il se pousse pour leur
libérer une section du banc. Au passage, il renverse au
sol un sac à dos posé précairement juste derrière lui.

Alexandre se penche pour ramasser le sac ouvert
lorsque Nicolas surgit à ses côtés.

— Hé ! Ce sont mes choses. Ôte ton nez de là !

L'adolescent s'empresse de s'agenouiller pour récupérer le contenu du sac éparpillé. Ses mains sont agiles
et Alex a à peine le temps d'apercevoir les objets

tombés. Un article doré et brillant attire tout de même son attention. Spontanément, Alex tend la main, mais l'objet est déjà disparu dans le fond du sac.

— Tu pourrais faire attention aux choses des autres, Dupays. T'as failli briser mon cell.

Alex reste coi. A-t-il bien vu ? Oui, oui… Sauf que ça n'a pas vraiment de sens… Il devrait au moins dire quelque chose.

— Ce… c'est… Tu…

Nicolas, encore plus pressé que d'habitude, a déjà enfilé un chandail et s'empresse de déguerpir sans un salut.

Alexandre se rassoit et s'essuie de façon mécanique. Ses pensées sont complètement accaparées par l'objet doré qui a séjourné un bref instant au sol, appuyé sur le cellulaire de l'adolescent. Il s'agissait d'une montre… d'une vieille montre de poche… Elle était en or et gravée d'un aigle en son centre. Alex n'a pas pu tout inventer. Il est certain de ce qu'il a vu. Il s'agissait de la montre de son défunt parrain, le mari de Tati.

Alexandre reste longtemps sur le banc. Nicolas a la montre de son oncle… Comment a-t-il pu l'avoir ? Comment est-ce possible ? Il doit bien y avoir une raison logique. Peut-être a-t-il mal vu, après tout ? Peut-être Nicolas a-t-il une montre semblable ?

Tout le vestiaire s'est vidé. Il n'y reste plus qu'Alex absorbé dans ses pensées.

Non, ça ne peut pas être une montre semblable. Voyons! Quel adolescent se promène avec ce modèle de montre, de nos jours? Ça n'a aucun sens.

— Alex! Tu es encore ici! Est-ce que ça va?

Le moniteur de natation le regarde depuis l'entrée du vestiaire du côté de la piscine.

— Oui, oui…

— Bon entraînement, en passant. Je t'ai trouvé bien concentré aujourd'hui. Ça promet pour la prochaine compétition. À lundi!

Alex sourit distraitement, sans répondre. Toujours préoccupé par son problème, il prend ses affaires et sort du vestiaire.

Une fois arrivé au support à vélo, le garçon en vient à la seule conclusion possible. Nicolas est le voleur. Nicolas a la montre de son oncle. Il l'a volée chez Tati. Mais cette nouvelle n'amène aucune satisfaction à Alexandre. Ça ne fait que lui compliquer la vie. Qui le croira? Et puis, il en a assez de toutes ces histoires. Le chambreur, le vol, la police…

S'il va à la police, le croira-t-on? Et s'il se trompe… Il était vraiment sûr de lui, pour monsieur Lombardi… Alex enfourche son vélo en se disant que cette fois, il ne prendra pas de décision à la légère. Ses parents ne sont pas là, alors il demandera conseil à Tati. Oui, malgré tout ce qui est arrivé, il pense que sa tante saura l'écouter. En tout cas, il l'espère.

Alex doit d'abord aller s'excuser au chambreur comme prévu. Sa tante sera dans de meilleures dispositions pour l'écouter s'il n'a pas seulement eu la bonne intention de faire amende honorable, mais qu'il est effectivement passé à l'action.

Alexandre circule dans la rue du Boisé en direction de la gare. À l'intersection suivante, trois vélos surgissent et lui coupent volontairement le chemin. Alex doit freiner brusquement, ce qui le fait glisser sur le côté. Il évite de justesse la roue avant d'une des bicyclettes.

Les nouveaux venus encerclent le garçon rapidement. L'un d'eux débarque de vélo puis s'approche d'Alexandre qui reconnaît alors Fred, le grand frère de Nicolas. Celui qui a seize ans et qui traîne souvent devant le dépanneur vers vingt-trois heures.

— Dupays, on te cherchait. Qu'est-ce que tu fous ?

Alexandre hausse les épaules nerveusement. Cette rencontre n'annonce rien de bon et il regrette de ne pas être retourné directement chez Tati en prenant la grande rue.

— Ça a l'air que t'es un fouineur ?

Alexandre regarde anxieusement les environs déserts. Il agrippe ensuite solidement son guidon de vélo et tente de se frayer un chemin entre les adolescents. Le cercle hostile se referme alors sur lui.

— Oh ! Oh ! Pas si vite ! Je te parle, réplique le meneur.

— Foutez-moi la paix ! crie Alexandre à pleins poumons en espérant que quelqu'un l'entende.

Les alentours demeurent silencieux, mais le groupe semble s'inquiéter de l'éventualité d'une arrivée.

— Allez, Fred. Finis-en !

Frédéric Fortier tourne le dos à Alex comme s'il se décidait à partir sans rien demander d'autre. Alexandre se penche alors vers son guidon, prêt à s'éloigner aussitôt le chemin libre. Mais l'adolescent se retourne à toute vitesse, sa main s'élevant vers le visage d'Alex qui, surpris, n'a pas le temps de bloquer le coup. Le dos de la main de Fred vient heurter violemment la joue et le côté du nez du garçon. La douleur lui fait monter les larmes aux yeux. Toujours à califourchon sur son vélo, il lève le bras afin de se protéger tout en lâchant un cri aigu. Son agresseur en profite pour lui saisir le bout des doigts et y appliquer une solide torsion.

— Ta gueule ! Ou t'auras pus de bras pour nager, le menace l'adolescent. Pourquoi t'as foutu ta face là ? Que je te prenne pus à fouiller dans le sac de mon frère ! T'as pigé ?

Alexandre retient un cri de souffrance. La prise sur sa main gauche lui cause une douleur qui irradie jusque dans l'épaule.

— Si tu ne te mêles pas de tes affaires, on ira faire une petite visite chez ta tante. Elle aime la visite, ta tante ?

L'instant d'après, Alexandre est repoussé vers l'arrière. Les adolescents disparaissent aussi rapidement qu'ils sont arrivés.

Appuyé sur sa selle, Alex tente de reprendre son calme. Son cœur bat la chamade. « C'est fini, c'est fini », répète-t-il doucement pour se rassurer. Il porte une main tremblante à ses joues pour essuyer quelques larmes.

Tout ça parce que Nicolas se doute qu'il a vu la montre. Il a envoyé son frère pour le menacer et lui casser la figure. Nicolas n'est qu'un salaud comme son aîné.

Maintenant seul dans la rue toujours déserte, Alexandre halète comme après dix longueurs de crawl. Enfin, une voiture se pointe au bout de la rue et avance rapidement. L'automobiliste croise le garçon sans lui jeter un regard.

Complètement abattu, Alexandre décide de poursuivre son chemin vers la terrasse des Bouleaux. Il doit présenter ses excuses au chambreur pour au moins régler un de ses problèmes.

Une fois sur le chemin du Bord-de-Lac en direction ouest, Alexandre, encore tremblant, s'arrête pour se calmer. Il n'a rien à craindre ici. Les autos, sans être nombreuses, sont tout de même présentes.

Le garçon essuie son nez douloureux du bout des doigts, puis appuie son front sur sa main. Il voudrait que son père soit déjà de retour, il voudrait pouvoir rentrer à la maison pour tout lui raconter, il voudrait retrouver sa chambre, aussi. Tout de suite, pas ce soir. Ça lui semble être dans une éternité, ce soir.

Ces voyous viennent réellement de le frapper et de le menacer… de les menacer, Tati et lui. Pauvre Tati ! Comme elle en a eu, des ennuis, pendant cette semaine de vacances ! Toute cette histoire est sa faute à lui, au fond. Nathanaël lui avait conseillé de laisser tomber ses élucubrations, mais Alex n'en a fait qu'à sa tête.

Et là, il ne peut tout de même pas risquer d'en parler à Tati. Ni Alexandre ni Tati ne sont à l'abri des représailles de Nicolas et de son frère Fred.

— Merde ! Je nous ai causé tellement d'ennuis.

Alexandre se remet en route. Il n'a pas le choix, il doit aller s'excuser, puis se taire et tout oublier. Après, il aura la paix et Tati aussi. Au moins, personne n'embêtera sa tante.

Alex pédale vite. Il est pressé de se débarrasser de cette tâche délicate. Il a l'intention d'offrir des excuses plus sincères au chambreur. Ce n'était évidemment pas lui le voleur.

Une fois arrivé devant la vieille cabane, le garçon n'a aucune hésitation. Il descend de vélo, sort la béquille pour le retenir, puis franchit les quelques marches. Le doigt appuyé sur la sonnette, Alexandre chasse ses inquiétudes pour se concentrer. La porte s'ouvre.

À l'expression de mépris indifférent qu'il lit sur les traits de monsieur Lombardi, il devine que celui-ci ne s'attendait pas à une telle visite. Le garçon prend une grande inspiration et plonge.

— Monsieur Lombardi, je suis venu m'excuser des problèmes que je vous ai causés. J'ai eu tort. Je n'avais pas le droit de faire ce que j'ai fait.

— Ah oui ? Tort de faire quoi ?

Alexandre, qui tremble encore de sa rencontre avec le frère de Nicolas, s'efforce de répondre calmement.

— Ben, de rentrer ici, dans cette vieille… euh… dans cette maison et dans votre chambre. Je n'avais rien à faire ici, répond Alex, les yeux baissés.

Monsieur Lombardi demeure un bref instant silencieux et le garçon, qui devine l'expression de dédain qu'il lui adresse probablement, n'ose pas le regarder. Il veut seulement repartir au plus vite chez lui.

— Et pourquoi avez-vous fait ça ?

Alexandre exhale un soupir d'amertume.

— Ben, c'est idiot… mais je vous trouvais bizarre.

— Est-ce que tu trouves bizarre tout ce que tu ne comprends pas, tout ce qui ne te ressemble pas ? réplique l'homme sans aucune hésitation.

— Peut-être, répond le garçon honnêtement.

— Tu penses que je suis le cambrioleur du quartier ?

Avant de répondre, Alex ne peut s'empêcher de lâcher un rire ironique.

— Oh, non ! Je sais que ce n'est pas vous.

— Ah bon ! Pourtant, tu m'as accusé, se moque l'homme avec du mépris dans la voix.

— Je sais que ce n'est pas vous, le voleur. Je le sais. Mais vous me paraissiez suspect avec votre labo, le tableau plein de photos d'enfants et…

— Tu ne sais rien de rien, réplique sèchement le chambreur.

Alex secoue la tête. Cela ne lui aura pas servi à grand-chose de venir. Mais bon, au moins c'est fait. Il peut partir maintenant.

— Et qu'est-ce qui t'est arrivé? poursuit monsieur Lombardi.

— Rien. Mais j'en sais plus que vous ne le pensez. De toute façon, je voulais seulement m'excuser. Alors, voilà! C'est fait, conclut Alexandre en se retournant pour descendre l'escalier.

— Tu viens me voir avec le visage tuméfié et du sang sur les mains pour me dire que tu ME trouves bizarre! s'exclame le chambreur d'un ton moqueur.

Alex relève un sourcil étonné. Il regarde les traces de sang qui commencent à sécher sur ses doigts. Il touche ensuite à sa figure. Son nez encore sensible a sûrement saigné et puis sa lèvre a enflé. Même un léger contact lui arrache une grimace de douleur.

— Je dois partir, lâche Alex en sentant une boule se former dans sa gorge.

Il redescend les marches d'escalier promptement.

— Qui t'a fait ça? insiste monsieur Lombardi.

— Personne.

L'homme soupire.

— Tu as assez fait l'idiot pour cette semaine, tu ne trouves pas ? Reviens ici. Je vais te chercher de la glace.

L'homme rentre. Alex hésite. Il n'a pas à l'écouter, ce vieux bonhomme. Ce bizarre ! Il peut partir s'il le veut. Mais pour aller où ? Tati lui demandera aussi comment il s'est blessé.

Le chambreur est déjà de retour ; il rejoint le garçon au bas de l'escalier.

— Assieds-toi et tiens ça sur ta figure, dit-il d'un ton réconfortant.

Alex obéit. Il prend l'étrange sachet de tissu froid, très froid de l'homme et l'applique sur son côté droit. La sensation lui apporte instantanément un peu de soulagement.

— Qui t'a fait ça ?

À sa propre surprise, Alex déballe alors les péripéties de sa matinée. À partir du moment où il a reconnu la montre de son oncle dans le sac de Nicolas jusqu'à celui où les adolescents l'ont agressé. Les larmes coulent sur ses joues comme il termine son récit en disant qu'il ne veut surtout pas que Tati le sache. Qu'il lui a causé assez d'ennuis !

— As-tu fini de faire l'idiot ? Tu n'as donc rien appris. Tu veux encore prendre de mauvaises décisions.

Alexandre renifle bruyamment. La remarque est désagréable, mais valable.

— Je ne veux pas qu'ils fassent du mal à ma tante. Ils ont dit que…

— Ces jeunes voyous volent et menacent les gens, et toi tu veux les laisser faire sous prétexte que ta semaine a été difficile. Vieillis! Tu auras treize ans cet automne, aux dires de ta tante. Tu n'es donc plus un enfant. Apprends que la vie n'est pas toujours facile.

Incapable de répondre, Alexandre renifle de nouveau.

— Tu vas retourner chez ta tante sur-le-champ pour tout lui raconter. Pendant ce temps-là, j'appellerai au poste de police pour les mettre au courant. Est-ce que tu sais où ces deux frères habitent?

Alex hoche la tête affirmativement. Monsieur Lombardi lui retire alors le sachet glacé.

— Allez, tu te soigneras plus tard! Et fais vite!

Sans rouspéter, Alex monte sur son vélo. Il parcourt le chemin en mode automatique sans réfléchir. Sa blessure à la figure l'élance toujours, mais il se sent moins désespéré.

Tati accueille le retour de son neveu d'un sourire distrait.

— Nathanaël t'a téléphoné. Je lui ai… Alexandre! Mais qu'est-ce qui t'arrive?

Sans aucune hésitation, le garçon déballe tous les événements de sa matinée. La femme l'interrompt à quelques occasions, mais son neveu l'implore de le laisser finir.

— On doit contacter la police au plus vite, affirme Alexandre.

Tati insiste pour aller chercher de la glace et de la lotion antiseptique avant de décider quoi que ce soit.

— Alex, tu sais, ces derniers jours, on peut dire que tu t'es mis les pieds dans les plats à plusieurs reprises, commente gentiment Tati à son retour. Es-tu certain de ne pas exagérer ?

— Je te le jure. Tu as raison de douter, mais je t'assure que tout s'est passé exactement comme je te l'ai dit. Même monsieur Lombardi me croit, il a insisté pour que je t'en parle au plus vite.

— Alors, d'accord.

L'appel au poste de police est bref. Ils ont déjà été avertis et deux agents sont en route.

Quelques minutes plus tard, pendant qu'Alexandre s'affaire à se nettoyer, la sonnerie de la porte retentit : il s'agit d'Albert Lombardi. Tati l'accueille en s'excusant pour tout ce qui est arrivé. Alexandre les entend de la salle de bain de l'étage.

— Je suis venu m'assurer qu'il a eu le courage de tout vous raconter, commente le chambreur.

— Je pense qu'il a plutôt tendance à trop en raconter, à en mettre un peu. Je suis réellement désolée pour toute cette histoire avec la police.

La tante d'Alexandre a sûrement fait passer monsieur Lombardi au salon, car les voix sont plus lointaines. Le garçon réussit tout de même à entendre leur conversation.

— Bah, j'ai ma part de torts. J'aurais dû être plus… franc sur mes activités. Je reconnais que j'ai pu paraître étrange et que je vous dois des explications. Pour l'instant, l'important est d'arrêter ces voyous qui ont agressé votre neveu et vous menacent de représailles, madame Dupays.

— Des menaces contre moi ? répète Tati, visiblement surprise. Mais pourquoi ?

Monsieur Lombardi lui raconte alors que l'adolescent venu s'excuser était un garçon craintif qui ne voulait surtout pas risquer de causer d'autres ennuis. Un garçon qui tombait dans le piège des jeunes vauriens et qui jouait le jeu qu'on lui imposait.

Tati semble étonnée de ce comportement qu'Alexandre a préféré passer sous silence. On sonne à nouveau au moment où il trouve enfin le courage de redescendre au rez-de-chaussée.

— Ce sont probablement les policiers, suggère Tati en allant répondre.

En réalité, il s'agit plutôt de Nathanaël, accompagné de son père, qui est venu s'excuser.

— Bah ! Des erreurs de jeunesse ! Passez donc au salon. Toute cette histoire n'est malheureusement pas terminée. Je vous présente monsieur Lombardi.

Le père de Nathanaël semble se réjouir de la présence de l'homme. Il chuchote quelques mots à son fils dans sa langue maternelle tout en le poussant vers ce dernier.

Alex remarque le sourire de malaise intense sur les traits de son ami qui adresse de simples excuses au chambreur. Il n'a heureusement pas à subir les mêmes remontrances qu'Alex un peu plus tôt. En effet, monsieur Lombardi semble avoir retrouvé son habituelle froideur. Le garçon songe que Tati dirait plutôt «une contenance réservée». Aurait-il si mal saisi la nature du chambreur de sa tante? Est-il possible de se tromper à ce point?

Le carillon retentit pour la troisième fois en moins d'un quart d'heure.

Tati ramène deux agents de police au salon, dont l'un est celui qui avait dirigé l'interrogatoire la veille. Il invite Alexandre à relater les événements de la matinée. Bien qu'intimidé, le garçon s'exécute; il est heureux de la présence de monsieur Lombardi qui apporte une certaine crédibilité à son histoire.

Nathanaël ne semble pas surpris d'apprendre que les deux frères Fortier sont responsables du vol. Alexandre se rappelle alors que son ami n'a jamais démontré beaucoup d'amitié envers Nicolas, qui le lui rendait bien, d'ailleurs.

Sans plus attendre, les policiers s'informent de l'adresse des deux frères. Malheureusement, les jeunes ignorent le numéro de la résidence, ils peuvent seulement fournir le nom de la rue et une description assez sommaire de la maison. L'agent décrète qu'Alexandre doit les accompagner.

Malgré la grande fatigue qui l'accable subitement, comme si la vague des derniers événements le rattrapait enfin, le garçon s'empresse d'aller mettre ses espadrilles. Aussi bien en finir une fois pour toutes, après quoi il pourra se reposer la tête.

Pendant l'arrestation, Alexandre demeure discrètement dans la voiture de police. Une deuxième voiture de patrouille venue assister la première a embarqué les délinquants à la fin d'une brève discussion avec la mère des garçons, qui semble éplorée.

Seul dans l'automobile, Alexandre redevient calme et tranquille, oui… l'esprit tranquille. Et ça lui fait drôlement du bien, après tout le stress qu'il a ressenti.

Il est content, et fier aussi. Après tout, il a permis l'arrestation des vrais voleurs du quartier. Pas pire, quand même. Et il a fait ça tout seul comme un grand… avec un petit coup de pouce de monsieur Lombardi, en fait. Cet étrange monsieur Lombardi…

Épilogue

— Alexandre ! Il y a quelqu'un pour toi à la porte.

— J'arrive…

Installé à son ordinateur en ce mercredi après-midi, Alex a autant envie de quitter sa scène de combat dans un bunker du désert que d'aller à un rendez-vous chez le dentiste. Il est sur le point de passer à un niveau de jeu supérieur qui lui offrira un attirail de guerre plus perfectionné. Pas question de laisser sa partie, d'autant plus qu'il n'attend personne.

Au deuxième appel de sa mère, il opte pour se dissimuler dans un coin tranquille sous une jeep en espérant que l'ennemi ne trouvera pas sa cachette.

— J'arrive !

Du passage, Alexandre aperçoit sa mère en conversation avec le nouveau venu. Elle s'esclaffe gaiement. Intrigué, Alex accélère le pas ; sa mère n'a pas l'habitude de rire avec Nathanaël ou avec d'autres de ses copains.

Le nouveau venu est en réalité une nouvelle venue. Louise s'éclipse discrètement aussitôt son fils arrivé.

— Laurianne ! Salut !

La jeune fille lui sourit gentiment.

— Salut.

Alex rougit.

— Tu… Je… Euh, bredouille-t-il en riant nerveusement.

Laurianne s'amuse gentiment de son bafouillage.

— Je voulais te remercier, coupe-t-elle.

— Ah oui ! Pourquoi ? s'étonne le garçon.

— Pour le cadeau, voyons. Mon cadeau de fête. C'est vraiment très joli, tu sais.

En parlant, Laurianne a pivoté sur elle-même pour lui montrer la pince retenant ses cheveux derrière sa tête, dans le haut. Son mouvement a soulevé sa longue crinière de ses épaules, faisant flotter jusqu'à Alexandre les effluves de pomme verte.

— C'est vrai ? Tu l'aimes ? J'avais un peu oublié, avec tout ce qui s'est passé.

— Oui. C'est mon cadeau préféré.

Alex est aux anges. Elle aime son cadeau. Elle aime sincèrement son cadeau.

— Montre-moi encore, demande-t-il, enhardi par le plaisir.

La jeune fille pirouette à nouveau pour faire admirer la pince miroitante dont les paillettes s'harmonisent à merveille avec les reflets dorés de ses boucles. Alexandre se penche pour humer l'arôme délicat. Les yeux à demi fermés, il s'aperçoit à peine que Laurianne s'est retournée. Leurs figures se touchent presque. Alex se redresse promptement.

— Elle est encore plus jolie dans tes cheveux que dans la boîte, ose-t-il commenter.

À nouveau, un large sourire éclaire les yeux noisette de la jeune fille.

— Alexandre, voyons, tu pourrais inviter Laurianne à entrer plutôt que de rester ainsi sur le perron, lui propose sa mère qui vient de réapparaître derrière lui.

— Euh, oui. C'est que je pensais…

— Alexandre Dupays, nous t'avons dit que tu étais privé de sortie, mais cela ne t'empêche pas d'être poli et de recevoir une amie. Allez prendre une limonade sur le patio en arrière.

Indécis et plutôt mal à l'aise, Alex se retourne vers la jeune fille.

— T'as envie d'une limonade?

Laurianne acquiesce gaiement du menton et entre dans la maison. Le garçon referme la porte en songeant qu'il est le plus heureux des garçons du quartier à cet instant précis. Qu'importe les punitions quand la fille de tes rêves vient partager une limonade avec toi!

Une fois qu'ils sont installés côte à côte sur la balancelle, Alexandre commence à raconter les événements rocambolesques de la semaine dernière à la jeune fille qui semble tout ignorer de ce qui s'est passé. Laurianne a bien entendu quelques rumeurs dans le quartier après la visite des policiers à son party, mais elle n'a pas l'habitude de croire les ouï-dire.

— Je savais que toi tu me raconterais la vérité, dit Laurianne tout naturellement, comme s'il n'y avait rien d'extraordinaire dans cette attitude.

En sirotant sa limonade glacée, Alex poursuit le récit de ses mésaventures de la semaine… sans les exagérer. De toute façon, cette histoire est déjà très impressionnante dans sa version la plus exacte.

Il lui relate tous les événements à partir de l'arrivée de monsieur Lombardi chez Tati le dimanche matin jusqu'à l'arrestation de Fred et Nicolas. Nicolas, en fait, a été relâché sans aucune accusation portée contre lui. Il n'a jamais participé aux vols, même s'il était au courant et que Fred lui donnait parfois des petits souvenirs, comme la montre de Tati. Le frère aîné et deux de ses copains cambriolaient des connaissances du quartier. Ils étudiaient discrètement leurs allées et venues pour savoir quand les propriétaires s'absentaient.

— Donc, ton monsieur Lombardi, il n'était pas méchant.

Alexandre sourit, un peu penaud.

— Pas du tout, au contraire. Tu sais qu'il a laissé tomber sa plainte contre Nath et moi, pour avoir pénétré chez lui. Il a même fini par me révéler ce qu'il fabrique dans cette vieille maison. Il a dit que je l'avais mérité en m'excusant et surtout en dénonçant Fred. En fait, monsieur Lombardi est un biologiste. Avant, il travaillait en environnement. Puis lui et sa femme, Leslie – il était marié, mais elle est morte l'an dernier –, ont pris leur retraite pour voyager. Ils ont vécu et travaillé presque deux ans au Brésil et un an en Afrique. Lui menait des recherches sur les plantes exotiques et sa femme étudiait les oiseaux.

— C'est super! Moi aussi, j'aimerais vivre dans plusieurs pays plus tard, commente Laurianne. Mais qu'est-ce qu'il faisait avec ses plantes et son laboratoire?

Alexandre expose alors comment monsieur Lombardi préparait une boisson ou plutôt un genre de médicament expérimental pour soigner la leucémie. C'est un remède naturel qui provient d'une plante exotique, la pervenche de Madagascar. Cette plante sert déjà dans les traitements de chimiothérapie. On peut en extraire un composé qui est utilisé pour soigner la leucémie aiguë des enfants. Monsieur Lombardi travaille à un mélange différent parce qu'il ajoute d'autres substances actives naturelles. Son nouveau traitement pourrait sauver les personnes les plus gravement atteintes.

— Il fait pousser de la pervenche de Madagascar dans la vieille maison! s'exclame Laurianne, très intéressée.

— Oui, et avec, il concocte une sorte de tisane. Une tisane puante à souhait, mais qui guérit.

Alex continue son récit. Monsieur Lombardi a un neveu atteint de leucémie et il lui amène régulièrement de cette infusion pour l'aider à guérir. Il en fournit également à d'autres jeunes leucémiques au Québec.

— C'est ridicule, mais Nath et moi, quand on a découvert le tableau de photos d'enfants dans sa chambre, on pensait que c'étaient ses victimes, qu'il était un meurtrier. En fait, c'est tout le contraire, ce sont des enfants d'ici et d'ailleurs qu'il espère sauver avec ce médicament naturel…

«Pour certains, c'est trop tard», se dit Alex en se remémorant les photos biffées.

— Il avait tout un secret, ton monsieur Lombardi.

Oui, tout un secret! Le chambreur était un homme discret qui n'avait pas le goût de raconter sa vie, de discuter de son travail inhabituel… Pas envie de répondre aux «pourquoi ci, pourquoi ça?». Depuis la mort de sa femme surtout, il s'était endurci. Il avait acheté la maison à Sainte-Do pour être proche de sa sœur et de son neveu. Initialement, il pensait y installer son laboratoire et y vivre, mais avec l'odeur… il avait choisi de se trouver un endroit où dormir.

— C'est quelqu'un de vraiment bien et même d'agréable lorsqu'on le connaît. Et moi qui l'ai pris pour un criminel!

— Tout le monde peut faire ce genre d'erreur. On se fie tellement à l'apparence des gens. Pas vrai? commente la jeune fille en le fixant de ses grands yeux.

Alex acquiesce en songeant à Nicolas. L'adolescent avait toujours eu l'allure du parfait athlète, talentueux et compétitif. Aujourd'hui, à ses yeux, il n'avait plus que l'allure d'un délinquant. Il n'était pas si parfait avant, était-il si délinquant maintenant?

— Au moins, ma tante a retrouvé ses objets volés, y compris la montre de son mari.

— Et tes parents ? Comment ont-ils pris la nouvelle ?

Alex se rappelle la réaction de ses parents, le samedi soir après l'arrestation de Frédéric Fortier. Il se souvient à quel point il était nerveux, mais finalement, ses parents avaient été très raisonnables étant donné les circonstances. Ils étaient demeurés calmes pendant que leur fils racontait toute l'histoire. Tati était présente comme témoin et vérificatrice. Il faut dire que cela aidait que l'histoire s'achève de façon si positive. D'une certaine façon, Alex et Nath avaient participé à la capture des cambrioleurs et les gens du quartier pouvaient maintenant vivre plus tranquilles. Bien entendu, ça n'excusait pas son comportement envers le chambreur ; c'est pourquoi Alex était puni pour toute la semaine : aucune sortie sauf pour ses cours de natation.

Ses parents avaient évidemment été très étonnés de toute cette aventure, d'autant plus qu'ils ignoraient que la marraine d'Alex cherchait à louer une chambre de sa maison. Tati avait profité de l'occasion pour annoncer un projet auquel elle songeait déjà depuis quelques années : ouvrir un gîte touristique dans les Laurentides. Alexandre avait appris qu'il s'agissait d'un genre de petite auberge dans une grande maison. Pour une femme seule de soixante ans, c'est tout un projet que de lancer une telle entreprise. La location d'une chambre de sa maison constituait une première étape vers la réalisation de son rêve. Un coup d'essai.

— Ta tante aussi avait un secret.

— Oui! Et monsieur Lombardi a décidé de demeurer encore un peu chez Tati. La vieille maison, avec ses effluves nauséabonds, n'est pas très commode. Il a dit à ma tante que sa nourriture savoureuse valait bien tous les désagréments d'un neveu effronté. Je suis content qu'il reste, surtout que je veux que Tati puisse réaliser son rêve d'ouvrir un gîte touristique.

Alex aussi a des rêves. En fait, un grand rêve, qu'il garde pour lui comme Tati et monsieur Lombardi. C'est pourquoi il est si heureux que sa punition ne l'empêche pas d'aller à ses cours de natation. Il a décidé de s'entraîner encore plus sérieusement, de se donner au maximum pour devenir le meilleur nageur de la ville, puis de la province. Il veut commencer la compétition au niveau provincial l'hiver prochain et souhaite se rendre au niveau national pour ses seize ans. Il aura treize ans en octobre prochain, ça lui laisse un peu plus de trois ans pour réaliser son rêve. Et comme Tati et monsieur Lombardi, il le garde pour lui, ce rêve, c'est son secret et il va y travailler très fort.

Treize ans à l'automne! Treize! Pas question de se laisser impressionner par ces histoires de chiffre malchanceux. Le party du vendredi 13 qui a si mal tourné, le mystérieux 13, terrasse des Bouleaux... Bah, pure coïncidence! Il ne va tout de même pas devenir un ado superstitieux.

— Tu veux encore de la limonade? demande Alex en espérant que Laurianne acceptera de rester encore un peu même s'il a terminé son récit.

— Non merci, répond-elle en secouant la tête.

La jeune fille ne semble pas vouloir partir. Elle étire ses jambes devant elle, ce qui augmente doucement le va-et-vient de la balancelle. Alex l'imite.

— Moi aussi, j'ai un secret, chuchote alors Laurianne.

— Ah oui…

Alex se remémore ce qu'il a osé écrire dans la carte d'anniversaire. « La plus jolie des pinces à la plus jolie des filles. Alex. » Il est heureux d'avoir pris le risque. Laurianne a sûrement aimé le compliment puisqu'elle est venue chez lui aujourd'hui.

— C'est quoi, ton secret? demande Alex.

Pour toute réponse, Laurianne plisse le nez en une drôle de grimace. La main de la jeune fille se faufile ensuite dans celle d'Alexandre qui sent bientôt son cœur battre très fort dans sa poitrine. Après une semaine si mouvementée, rien n'aurait pu lui faire davantage plaisir. Il est assurément le plus heureux des garçons du quartier…

Table des matières

Suivez-nous

Achevé d'imprimer en octobre 2011
sur les presses de l'imprimerie Lebonfon
Val-d'Or, Québec